别装了，你不喜欢合群

山僧扫雨 著

中国出版集团　现代出版社

活在别人的标准里，有多可怕？

只要你到了二十岁，开始对未来和人生有一丝迷茫、焦虑，那你随时能收到四面八方的人生指南。你看到一个酥脆的大泡芙，会有人拎着你的耳朵吼："连体重都控制不了，怎么控制人生？"你蹲坑时刷个微博，会有声音提醒你："不自律不自由。"你在单身生活中生龙活虎，却有人不断念叨："再不结婚就老了。"

这标准，就像孙悟空给唐僧画的圈，时刻警告你：别出圈，外面都是妖魔鬼怪，这里是安全的。

固然安全，可，有什么意思？

小时候，穿爸妈觉得漂亮的衣服。上大学，念爸妈喜欢的专业。谈恋爱，交闺蜜认可的对象。到了年纪，相全家人竖起大拇指赞同的亲。等到你结了婚，再把这一套循环，安在下一辈人身上。

这样的人生，想想就头皮发麻。

记得看《厚黑学》之前，这本书一直是成功学里的圣典，仿佛作者是个鸡贼首领，教你如何勾心斗角，教你耍诈弄奸，专门传授肮脏本领。

我在午休时看这本书，被同事送了一个"你竟然看这种玩意"的复杂眼神。

实际上，《厚黑学》是绝对的讽刺。

在多少人眼里，女生就应该端庄矜持，文科生就是比理科生笨，看闲书的人就是不务正业，二十多岁还单身就该被数落到抬不起头做人。

看吧，现实中就是有这么一群人，他们喜欢道听途说，压根没去了解过一个人、一件事、一本书，却热衷扛着偏见，去贴标签。

小时候，我们讨厌嚼舌根的大人。

可现在，因为你有了一丝迷茫，却被他们身上的标牌唬住了，他们换了副皮囊，以所谓成功人士、所谓专家、所谓人生经验丰富的过来人身份，同样是散播偏见、标签，你却奉为圭臬了。

我想到《西游记》里的土地公公，人们以为土地公公很牛了，天天上供磕头，什么烦心事，以为说给土地公公听，就能解决。

可在神仙系统里，他们就是一伙老是受欺负的基层员工而已。红孩儿这种小妖，都能命令土地公公烧火做饭，金角大王也能让土地公公看大门，而龙王的外甥，直接抢占了河神的家，他们挨了孙悟空的打，都不敢吭声。

明明屁股后面一堆烂摊子，却摇身一变，跑到人间，正襟危坐，指点迷津。

这不就是那群爱定标准的人吗？

你若信奉他们的指指点点，岂不是蠢到家了？

有句话说，"听了很多道理，却过不好一生"，我想，问题就出在，太沉迷于听道理了。

如果鲁迅听家长的道理，他不会弃医从文。如果卡夫卡乖乖跟父亲做生意，他不会下班后在黄金巷写作。如果王小波按照道理走，文学史上就不会有他的名字。

你却坐在凳子上，认真抄写道理，以为它能送你青云直上，扶摇万里。

与其活在别人的套子里，倒不如学会取悦自己。

大道理太多，我更爱小确幸。

目录

PART1
理直气壮地单身，死皮赖脸地相爱

PART2
我不要你觉得，我要我觉得

PART3
废掉一个人，给他贴标签就够了

PART4

你拼命找借口的样子，看起来有点好笑

PART5

误会在沸腾，换个姿势读书

PART1
理直气壮地单身，
死皮赖脸地相爱

"我养你啊！"
"你养得起吗？"

看到个帖子，挺耐人寻味的，是一个姑娘嘲讽对自己表白的男生："曾经，有个月薪 6000 块的少年说要养我，但听我说，我每个月的个护和洗发套装就要花 600 多块，他就吓得缩回去了。"

这位姑娘，还变身情感界的福尔摩斯，教大家怎么像挑鱼刺一样，挑出情话里的猫腻。她说，正确的"我养你"，是不降低你原有的生活品质，甚至提高生活品质，否则，跟养猪有什么区别？

时间退回到 1999 年，在周星驰的电影《喜剧之王》里，这一句"我养你啊"，是让柳飘飘哭到眼泪鼻涕不分家的情话。哪怕，说这句话的人，当时只是个吃盒饭的跑龙套的；哪怕，尹天仇的全部家当，只够她一夜的小费。

今天，计算器毁掉了情话里的浪漫。女生可以踩住男生的尊严，把计算器按得震天响：我每个月洗护 700 块，买衣服 3000 块，旅行 5000 块，话费 100 块，交通费 300 块，伙食费 2000 块，去酒吧消费 500 块……再看看你每个月才挣多少钱。看吧，看吧，说养我时压根不是认真的，现在泄气了吧。说完，洋洋得意，转身离开。

这是消费时代的胜利号角，像三体人把倒计时强行放在汪淼眼前一样，它也把账本甩在穷人面前，并冷冰冰地宣判：穷人说情话前，先掂量掂量自己的腰包，如果和脸差不多干净，就闭嘴，别去女生面前丢人现眼。

拒绝有 100 种方式，可这位姑娘偏偏用了最让人难堪的一种。其实，你可以委婉，撒一点善意的谎言都没关系，告诉他"现在挺喜欢单身"；可以直接点，"我们俩并不合适"。哪怕你一定要挑明，你可以告诉他，"以你现在的工资，大概率养不起我。"他都会知难而退。践踏了别人的尊严，很骄傲吗？又何必自降身价，把自己搞得像是货架上的商品。

为了把"我养你"搞臭，有人甚至连说话人的意图，都要放进麻花机里，开到最大挡，扭曲改造。

"男人说别工作了，我养你，是要你在家洗衣服、做饭、拖地、带孩子的我养你，并不是让你每天去美容院做 SPA、逛街、买东西、喝下午茶、跳舞、健身、做瑜伽的我养你。"

很显然，陷入第一种生活困境的人太多了，婚姻成了小公主梦的坟墓，结婚后，难免柴米油盐酱醋茶、洗衣和孩子他妈。

她们没能力搞定生活，就反口埋怨自己的男人，没能力给她们更好的。把自己当成了公主，结婚只是所有权转让，从爸妈到老公，等待继续被养。

经济独立的女生，不会嗷嗷待哺，把账单丢在男人脸上。而那些伸长了双手，真正等着被养的女生，最大的人生追求，最丰满的人生乐趣，也不过是保养、追剧、逛街和八卦。

至于男生说我养你，我更倾向于这种说法：并不是我有大把的钱给你花，你可以去买奢侈品，去环游世界。而是，我会尽力为你创造优渥富足的生活，哪怕有天穷困潦倒，我顿顿吃馒头，也不敢委屈了你。

王安忆写过一篇小说《长恨歌》，故事发生在飘摇的 20 世纪 40 年代，一位心思机巧、面容姣好的姑娘，王琦瑶，突然间成了全上海的话题女王。因为，她刚刚参加完选美比赛，当选"上海小姐"。比赛结束后，有人愿意养她，更准确地说，是愿意包养她。

长日漫漫间，她的青春消耗在上海豪华地段的某公寓里，有穿不完的漂亮衣服，花不完的小零钱。可是，她不见天日。没名分、没社交，连见面时间，都要听从对方吩咐。

我养你，并不等于我包养你。我养你，是一种决心，余生，我为你负责、替你撑腰。你若害怕失败，回头能看到我在咬着牙守卫，做你的后盾。你若嫌打拼太苦，回家来，我也能满足你一日三餐。这是在给女生找条退路，有些人，却把它当成了坐吃等死的筹码。

她们或许是真不知道，从毕业那天起，男同胞们就开始关注房价走势，每个月都会计算着存款，盘算着离首付还有多远。没有房子，他们战战兢兢。对自己，更是小气到可耻的地步，这是很多工薪阶层年轻男性的生活状态。

一个程序员朋友，讲过他的一次聚餐经历。当时隔壁桌，是某家医院的护士，也在聚餐，清一色的女生。护士长以寒暄之名，行撮合之实，两个单身的程序员被拱到了护士那一桌，结果屁股还没坐热，就被接二连三地问，"有没有房子？""年薪多少？""车子买了没？"两个小伙子直接弃权，打道回自己桌。

已经被房价压榨得只剩下半条命了，而那些女生，抖着腿，三五不时地笑话他们不懂口红色号，嫌他们不认识自己的粉底品牌，嫌他们送自己 1000 块的衣服太 low。

在自己的世界里呆久了，时间会铸上一圈壁垒，再给你戴上隔音耳

机和棉手套，如此一来，他人的压力、无奈、敏感，你都再也无缘感受。

有次，跟同学去中山陵，大概因为天气太热，我晕车严重，就坐在座位上，头枕着窗户，闭上眼跟自己撕扯，拼命压制呕吐的冲动。正在我拼尽全力挣扎的时候，旁边传来一个老爷爷的抱怨声："现在的大学生，没有素质，都不知道让座了。"我闭着眼，压根没看到他，就算看到了，以我那副样子，也没办法给他让座。我没搭理他，因为我知道，只要我开口，比声音先冲刺出口的，绝对是胃里的家伙们，虽然声带在距离上占据了绝对优势。

有人倚老卖老，有人倚女卖女。整天高喊着口号，没有一个奢侈品包包，怎么对得起只有一次的青春。你月光是正当，他三年攒几十万首付却是理所应当。这个时候，怎么听不到有人提一句"男女平等"呢？

上班那会，我工位对面有一个 1992 年的男生，黑帅黑帅的，有次一起爬山，两个人坐在山顶的一块大石头上，俯视整座城市，他突然对我掏心掏肺了，讲了自己的困惑。他喜欢上一个女生，可是自己的收入，很难给她想要的生活。他不敢表白，不是害怕被拒绝，而是害怕，万一女生答应和他在一起，因而失去更好的选择。

爱一个人时，不仅自己玻璃心，还会油然而生一种把对方当玻璃呵护的小心翼翼。而这份小心，只有在有心人的眼里，才会被看到。

彼此成为最好的人，是什么体验？刚上班那会，公司有一对小情侣，他们快谈婚论嫁了，还在跟别人合租。老小区，两室一厅，他们俩住其中一间，共用厨房和卫生间。现在，女生写文章，男生也换了工作，工资翻了翻，房子也买好了，节假日就自驾游出去玩。暂时养不起你，不代表以后养不起你。如果想在年纪轻轻时就谈恋爱，必然要有心理准备，那个人很可能像个半成品，这里有点毛病，那里有点不足，但在时间的打磨下，他会慢慢成型、上色、完善。你想要的东西，他也慢慢会给得起。

关于男女的话题，总是很容易引起争吵。如果，每个人都缩在自己的世界，用自己的屁股决定脑袋，问题只会越滚越大。理解不难，难的是愿意去理解。只是像帖子中那个姑娘，自以为是，得意洋洋，那么你看到的，永远只是你曾经看到的。

这辈子都不结婚，
可以吗？

全国的爸妈，都有项超能力：无论你们上一秒在聊什么，他们总能在下一秒，转台到逼婚频道，并且不厌其烦。

比如，我跟我妈闲聊时说："天这么好，周末我爬山去。"她继续看着电视，漫不经心地回了句："自己爬山多无聊，看人家都是小两口，成双成对的。"

我跟她报备，晚上要去跟闺蜜一起逛街吃饭，我也成双成对去了。她瞪了我一眼，很严肃地跟我说："记得让她给你介绍男朋友，都是好朋友，怎么这点忙都不帮呢？她老公有没有好的同事，你问问看，别害羞。你要不说，下次我跟她说……"她话还没说完，我赶紧拖着两只耳朵，溜之大吉。

终于有一天，我忍无可忍了，非常认真地和她讨论了一番，为什么人一定要结婚？我下定决心，要动之以情，晓之以理，势必要打赢这场催婚的战役，为我的清净和自由，奋战到底。最后，果不其然，在她连顿号都不用加的唠叨中，以我摇着小白旗宣告结束。总结了一下她的主题思想，共包含两层担忧。

第一个，年纪不小了，什么年龄要做什么事，现在就该谈恋爱结婚。再不找，鱼尾纹都藏不住了。这点我必须反对。

上周末，还在公园里，看到一个老大爷，扶着树练轮滑。哪有适合年龄的事，只有适合心情的事。就像我看到有些书单，特别喜欢用"大学生必读的书""年轻人该读的书""女生应该读的书"之类的标题，我都特别想跑过去，画上一个大大的叉号。年轻人哪有必读书目，喜欢读什么就去读什么，不喜欢读的就放一边。

你这个年龄应该做什么，你这个性别应该读什么……你们这么喜欢制定"应该"的标准，应该挺闲、挺无聊的吧。

我妈担心的第二个问题，可能是大多数家长催婚时的撒手锏：一个人多孤单啊，回家冷锅冷灶，生个病也没人倒杯热水。再说，老了之后没人照顾怎么办？

在逼婚族眼里，婚姻等于万能解药。结了婚，家里的马桶堵了、电灯坏了、电视机没台了，就有个超人飞奔过来，"别担心，我能修好"。结了婚，当你遇到坏人，就有人挡在你面前，比美国队长还勇敢，"宝贝，我保护你"。结了婚，就随时有人说话，跟你在精神上跳一曲华尔兹。

一张结婚证而已，又不是购买全能机器人的发票，想太多了吧。在这漫长又短促的人生里，总有块空间，是留给自己的，结婚并不是打开幸福的任意门，等待别人拯救，还不如学会自救。

在长辈眼里，不结婚几乎等于某种残疾。可我身边有个大龄未婚姑娘，31岁了，大大咧咧，下楼扔个垃圾，也能跟邻居聊上半天。最大的兴趣是看冷门电影，有次一起撸串，她大聊刚看完的西班牙大尺度情色片。连我们的烧烤热气都舍不得飘走，盘旋着，偷听着。那是我吃过最活色生香的一顿烧烤。

不知道啥时候起，她又迷上了摩托车，搞了驾照，周末大摇大摆地出门追风了。现在，她又奔去西班牙留学了。谁知道下一次她再跟我联系时，又会有什么惊人举动。就算是去南极看企鹅，我也丝毫不意外。

在她的生活里，男人可有可无。逛街有闺蜜，骑摩托有哥们，旅行时喜欢一个人在陌生的风景里瞎晃悠，自己在家还学着烤蔓越莓饼干和面包，只不过面包太硬了，我们要用菜刀剁开。"人生已经够充实了，暂时装不下男人"。

可当我把朋友的精彩生活，抖给一个恨嫁的女同事听，试图劝她不必着急时，她却像连看了德州电锯杀人狂加驱魔人再加寂静岭一样，满脸惊恐。"自己去旅行，遇到危险怎么办？""《老友记》里面，讲过一个新闻，有个独居女人，在家里死掉了，尸体被她养的狗啃了。太可怕了。"

她是个非常有原则的人，绝对不一个人去吃饭，绝对不一个人去看电影，绝对不一个人去旅游，周末约不到人，就绝对不出门。我总觉得，如果有那种双人马桶，她肯定要在上厕所时，拽上别人，陪她一起闻屎尿味。

难道，爱情是哪个法力无边的巫婆发明的复活药水？能让你这副死气沉沉的样子，变得活力四射？会让电影变得更有趣？会让路边的梧桐树变成爱丽丝的梦游仙境？

明明是自己把日子过死了，还要怪罪于单身。再说了，王子能吻醒的，那是公主，不是一截枯木。

随着年龄的增长，身边的亲戚全都变了样，把催晚辈结婚，当成了一项意外的乐趣。每次见到我妈，总是要问："你家闺女有男朋友了没？不小了，怎么还单身呢？"每次见到我，在必要的寒暄之后，永远少不掉"年龄越大，越不好找了，别要求太高了"。我最卖力的礼貌，就是按住狂奔的小灵魂，憋出一个微笑。

其实，找个对象有什么难的？找个人结婚有什么难的？难的是两个人如何打发漫长的时间。如果随便找个凑合，没啥共同话题，吃完饭大眼瞪小眼，相顾无言，唯有尬半晌。如果别人才不过唠叨了几句，你就两手一摊，出门找个人嫁了，那么，每天陷入焦头烂额的，只有你自己。至于那些催你结婚的亲戚，别看他们现在很八卦，若你以后婚姻出了问题，他们会更八卦。

《傲慢与偏见》中有句话：大凡家境不好而又受过相当教育的青年女子，总是把婚姻当作一条体面的退路。

对有些人来说，结婚和幸福无关，只是要给自己的后半生，安排一个妥帖、可靠的储藏室，保证日后免于挨饿受冻、风吹雨淋。每个人都有自己的不容易，伊丽莎白的好朋友夏洛蒂，虽然读了一肚子的书，但在当时的英国，女性很难找到一份体面的工作，她为了后半生不至于落入贫穷，嫁给了伊丽莎白的表哥，那个男人肤浅、虚荣、自大，种种缺点，她一个不落地看在眼里，但是他有钱。

婚后，夏洛蒂经常自己待在书房里，撺掇老公出门，或者做别的事情。她心里很明白，选择这一段婚姻，她就放弃了找一个灵魂契合的伴侣。看书的时候，我就在想，以夏洛蒂这种要强的性格，若是生活在今天，她会怎么样？她或许会找到一份薪水不错的工作，下班后去健身房练一练普拉提，晚上留下大把的空闲时间，用来读书。至于表哥那种人，她会一笑而过。

看过一段台词："我衣食无忧，生活充实，既然情愫未到，我又何必改变现在的状态呢？我会成为一个富有的老姑娘，因为只有穷困潦倒的姑娘，才会成为大家的笑柄。"**有能力赚钱，有能力爱自己，是生活的前提，也是享受爱情的前提。**

如果 20 多岁，经济不稳固，人格尚未独立，却有了家庭跟孩子，很难幸免于对婚姻的失望，等待时间一久，就连失望也磨得干净了。

这辈子不结婚，可以吗？朋友的大学老师，50 多岁，未婚。保养很好，看上去只像 30 多岁。因为教艺术，长期浸淫在艺术中，日子过得相当讲究和精致。定期去花店，挑选几束鲜花；闲下来了，就全世界看画展。如果能把生活过得充实了，也能自得其乐。

有本书《单身社会》，就是教你如何理直气壮地单身。单身早已是全球趋势，在瑞典、挪威、芬兰、丹麦，独居人口的比例高达 40% 到 45%。而在日本，30% 的住户是独自居住。现阶段，独居人口增长最快的，是中国、印度、巴西。一个地方越发达，单身的比例也就越高。唯爱情至上的时代，会慢慢退出历史舞台。

这辈子不结婚，为什么不可以呢？

最后我想说，妈，这不是我写的，这是外星人入侵了我的大脑，他们控制了我的双手，我不知道他们在说什么，你看到不要打我。

分手不是晚会，
何必盛装出席？

有一期节目，谈及分手，选手哭了。五年前，她被分得不明不白，以至于耿耿于怀。她隔空向五年前的那个男人，大声控诉，为什么没给她一个体面离开的机会？

我对这个遗憾是存疑的。之所以还念念不忘，大概是因为没有新的恋情填充。哪有那么多恋旧的人，不过是没有别的人可恋罢了。如果，她此时正沉迷于新男友的甜腻中，不可自拔，又怎么会在意，上一次分手是哪天哪月？更不会介意，当时自己是盛装出席，还是一边抠着脚丫子，一边想着晚上去哪吃猪蹄子。

恋旧有时候就是一种逃避。现在过得有些不如意，于是恋着曾经某段最开心最舒坦最辉煌的日子。现在有些太孤单，总是形单影只，于是想起了以前跟好朋友一起通宵聊天，睡一个被窝的日子。**别总把自己想得太深情了，好像你走不出前任的阴影，是因为你有多爱他。**前任还能在你心里活下去，要么现任不够好，要么生活不够好，你对现在的不满，很容易转移成对以前的怀念。

关于分别，网上有段话：**大张旗鼓的离开都是试探，真正的离开是没有告别的。**从来扯着嗓门喊着要走的人，最后都是自己把摔了一地的玻璃碎片，闷头弯腰一片一片拾了起来。而真正想离开的人，只是挑一个风和日丽的下午，裹了件最常穿的大衣，出了门，然后就再也没有回来过。

好多年前，看过一部陈慧琳和郭富城主演的爱情电影，名字有点韩式言情的淘气——《别惹我》。电影里有个情节，陈慧琳坐在出租车上哭，司机大叔关心地问了起来。谈到分手，司机问："姑娘为什么会分手，是不是跟男朋友吵架了？"陈慧琳淡淡地回了句："是因为我们不再吵架了。"

一段认真的感情，走到路尽头，往往不再是大吵大闹，而是你冲我吼了一句，我瘫在沙发上，懒得调动情绪去回应。我们会默契地一周都不联系，看着彼此的头像，再也没有点开的那股劲儿。这份独属于两人的牵扯，断了线，然后惊喜又悲伤地发现，没有了爱情，也死不了。

初中时，我有个非常要好的朋友，我们只要一下课，就立马碰头，分吃一个橘子，一起讨论某一道物理题，在一个牛奶瓶里吃豆腐脑。但我们也会有矛盾，也会冷战，会吵架。当时两个人奋笔疾书，互相写了好几次绝交信，约定老死不相往来，最后都以失败告终。后来，我们不再吵架了，各自有了不同的生活圈子，没有谁再说过一次绝交，却不怎么联系了。

分手又何尝不是这样？今天因为你看电影迟到了，两个人从小吵变成大吵，一个把包一甩，说："分手。"另一个手机往口袋里一塞，回答说："分就分，谁怕谁。"第二天，又和好如初。但真正分手的那一次，他们也许和平常一样，吃了一顿饭，聊了一会天，和以前一样说再见，但再也没见过面。

分都分了，无论是短信说一句拜拜，还是邀请你在五星级饭店吃一顿散伙饭，再隆重地回顾一下你们交往的过去，致谢、告辞，不都是分手吗？会对以前在一起过的快乐有影响吗？会对以后你们恢复单身的现实有影响吗？既然不影响曾经的回忆，也不影响未来的事实，形式隆重与否，有什么区别？

事实上，上一段感情的葬礼，永远是在你心里，漫长地举行的。它会在你很快乐地享受美食时，突然而至，送上哀乐，让你想起曾经在一起时的甜蜜。它会在你逛街时，眼光无意落在某个背影的那一瞬间，突然就举行了，这个人好像他哦。直到有一天，当回忆再度降临，却没有哀乐，没有心痛，只剩下一片平和。这场葬礼，才真正结束。

分手之后，不必强行再做好朋友，也不必违心地笑着说祝你幸福。从此相忘，江湖无痕。当时间流过，再次提起，说一句"人挺好的"，就够了吧。

何必要一个所谓的仪式，来见证彼此的狼狈？和喜欢过的人分手，是什么感觉？一瞬间如释重负，一转头心如刀绞。

爱情，在小说里，可以浪漫得不像话。就连毛姆这个刻薄的家伙，都在《面纱》里写过一段情话：我知道你愚蠢、轻浮，可是我爱你！我知道你的目的和理想都很势利、庸俗，可是我爱你！我知道你是个二流货色，可是我爱你！

但是，爱情能有多美好，现实中的分手就能有多难堪。甚至听过某个男生，还把以前送的礼物全都列在 excel 表里，算好价格跟折旧费，催女朋友还钱。既然感情走到了最后，心态平和的，可以吃顿饭，画一个完美的句号；不想再见面的，可以默契地不再联系，虽然有些遗憾，但也算结束的省略号。唯独不要做的，就是破坏曾经在一起的那份美好，反手画个叉号，真的很幼稚，就像幼儿园的小朋友说，我不和你玩了，于是抢过来曾经送他的橡皮，用小刀切成碎片。上面这位仁兄，估计前女友每次想起他，都会膈应得一星期都反胃。

没能好好告别，是很多人会放在心底，反复自责、反复抱歉的遗

憾。谁也不知道，意外和明天，哪一个会先到一步。表面上被女朋友甩了，实际上对方得了乳腺癌，不想拖累自己，知道对方去世的消息，久久不能释怀，听到一首歌就泪流满面，无数遍骂自己，为什么只关心工作，连女朋友生病了都没察觉？

很多时候，我们在本末倒置地活着。原来工作是为了好好活着，后来活着的全部内容都成了工作。周末不能陪爸妈，下班后没时间陪女朋友，连给自己的时间都没有，还安慰自己说，会好的，一切都会好的。

没有什么会一直停在原地等你，在你埋头的时候，那些你喜欢的，你想要的，你在乎的，有可能都会悄然离去。

《奇葩说》上有人说，但凡有一丝力气，不要放在怎么体面地分手上，去用来抓住你们的感情。亲人的葬礼上，哭得震天响，离去的还是离去了，在他们生前多关心、多孝顺，才是有意义的。分手也是一样，怎么告别不重要，重要的是你们在一起时，互相温暖过对方。

除了仪式，还有人执着于要一个分手理由。汤显祖在牡丹亭里，给大家画了个超级甜的大饼，"情不知所起，一往而终"。可现实是，情可以不知所起，也会不知所终。

无论这个理由是什么，都是伤害。你唯二可以确定的是，他喜欢过你，他不再喜欢你了。

之前有个小姑娘问我，被男朋友甩了，怎么办？我说，你别窝在家，出门散散心。她说，不想出门，外面都是关于他的回忆。会想起一起吃过饭的餐厅，会想起下雨天一起打车时的狼狈，会想起他拉着自己的手一起逛街的样子。物是人非，全都变成了大巴掌，扇在心上。说着说着，她开始怀疑，为什么他可以那么决绝地分手？为什么只在微信说分手？是不是压根没喜欢过自己？

谁放不下，谁就输了。巴尔扎克说，既然失恋，就必须死心，断线而去的风筝是不可能追回来的。

我养你，并不等于我包养你。

我养你，是一种决心，

余生，我为你负责、替你撑腰。

你若害怕失败，回头能看到

我在咬着牙守卫，做你的后盾。

你若嫌打拼太苦，回家来，

我也能满足你一日三餐。

以前喜欢一个人，
现在喜欢一个人

男生谈恋爱时，能付出到什么地步？好朋友跟我说了件事。她去采购公司年会的奖品时，跟专柜的导购男生聊了起来。

原来，那个男生竟然做着两份工作，一个就是导购，这是他的兼职。本职工作，是在地铁里，具体什么岗位，不太清楚。

之所以要这么辛苦，不是需要他替爸妈还债，扛起养家的重任，也不是要拼命攒钱，为了有一天，去追逐梦想。他只是在还女朋友的虚荣债。

他女朋友嚷着要买车，因为公司的女同事要么有车，要么有车接，她不想每天挤地铁。可是，他们都是刚毕业没多久的年轻人，赚钱的能力远远赶不上蓬勃高涨的花钱欲望，怎么办？男生跟爸妈撒谎，说自己要买房子，跟爸妈要了30万，自己又贷款10万，这才跑去买了辆车。

女朋友可以坐在新车里笑了，可是他愁得要死要活的，爸妈总是跟他问房子的事，贷款的利息一天天滚着，他实在没辙，就在下班后跑到商场做兼职。

说真的，我完全没被感动到，只觉得他活该。

没有人把刀架在他脖子上，逼着他说，"你不和这个女生谈恋爱，我就杀了你。"也没有人拿枪指着他，威胁他说，"女朋友让你买，你就必须买，否则我崩了你。"他是一个成年人了，路既然是自己选的，那你咬着牙也要扛着。

从青春期开始，我们每一个不起眼的小选择，都逐渐在许多年后的今天，产生了蝴蝶效应。初中一个同学，当时只是被同学拽进了网吧，却忽然着魔了一般迷恋上游戏，高中都没考上，后来听说他辍学后受了什么刺激，整个人变得疯狂又暴躁，会出去打人，于是被锁在家里。高中的一个女同学，因为喜欢上班里的一个男生，突然就开始拼了命减肥，每天喝减肥茶、跑步、倒走、仰卧起坐，竟然瘦了20多斤，自信心爆棚，到了大学后，整个人越来越焕发光彩。

我们过去经历的一切，也都在暗中决定了我们后来的审美品位和生活情趣。当你心甘情愿为了一个虚荣的女生，透支青春时，不要忙着跟别人吐槽这个女生，不妨先给自己挂个号，去看一看眼科。

或许，他现在还觉得，女朋友对他提要求，是因为喜欢他，在乎他，他把还债也当成甜蜜的负荷。可是以后呢？当他的经济能力喂不饱女朋友的虚荣心呢？当他哪怕一天打十份工，还是身背厚债，没功夫在晚上下班后，跟三五好友喝杯小酒，更别谈投资自己。一腔喜欢，难免会发酵、会腐烂，最终化为满身委屈。

"有天突然觉得，好像我为他做的所有事情，都变成了理所应当，所有我没做好的其他事，都变成了幼稚、不成熟，很深的无力感，只是那时没有选择放弃，所以最后伤得很厉害。"这份内心独白，或许你也在恋爱时经历过。

爱情原本是相互的东西，当一方一直在索取，另一方一直在给予时，就变了味道。听了好朋友的话之后，我在想，那个女生，有哪怕一丝丝喜欢这个男生吗？

如果她真的喜欢他，她真的舍得，让他年纪轻轻就背了一身债，还要对父母撒这么大的谎，每天都在为挣钱而愁得头昏脑涨？

想到我认识的另一个人，他们在一起没多久，就决定永远在一起了，她经常在我面前说，男朋友现在这份工作，虽然钱挣得多一些，可是也太辛苦了。每天凌晨1点多才下班，这么长期熬夜，身体哪吃得消啊。她计划着，等到明年，两个人经济不那么紧张了，就让男朋友换个轻松点的工作。不需要很多钱，两个人一起过小日子，就足够了。

这才是爱情吧。男生想多挣点钱，让女朋友过上好日子，女朋友想让他轻松一点，有时间有健康的身体享受生活。

为什么越来越多的人都爱上了单身？单身没有压力，没有源源不断的要求。现在生活压力这么大，谁不想活得轻松一些？

也许，曾经有那么一段时间，你把所有的心思，都用来喜欢一个人，聊天时会忍不住傻笑，刚分开就觉得少了点什么。会坐 10 个小时的火车，就为了见她一面。可是后来你得到了什么？她一边在半夜的时候，说想你想得睡不着，另一边在朋友圈晒了跟其他男生的合照。受伤地缩在一个角落，舔一舔伤口，贴上一个创可贴，第二天对着所有人潇洒一笑。

当别人问起你，你们怎么样了？你一边很夸张地大笑，告诉别人，自己已经走出那段魔障，看透人生，洗心革面，决定四大皆空了。另一边，再一次想起自己当一个备胎时，被人玩弄着的傻样。

最初的爱情，常常是盲目的。盲目到，那明显是个小妖精，你还非要眨巴着眼睛，羞红了脸说，仙女下凡了。

很多人会一直沉浸其中，直到狠狠地摔了个跟头，浑身是伤，才跌跌撞撞地退场。他们会告诉别人，以前喜欢一个人，现在喜欢一个人了。

还有些感情，刚开始有点畸形，后来慢慢变成了桎梏。之前在我们公司实习的一个男生，有天聚餐，大家提议吃完一起去看电影，他小声地拒绝了，他女朋友不准他晚回家。上班时间，他也会不停地陪女朋友聊天，导致工作完不成，整个部门要因为他一个人的问题，全体加班。他每天都会跟大家抱怨，好累啊。听说，最后还是分了。

如果谈一场恋爱，需要砍掉我的一半，才能跟你磨合在一起，我会想逃得远远的。

很多人说，单身久了，就不会爱了。不是不会爱了，不是对爱情麻木了，不是变得像个机器了，只是更加谨慎了。在爱情里吃过亏、受过伤的人，不会那么轻易付出自己，不会别人对你眨巴一下眼睛，就冲上去表白了。

能够考量爱情，并不是坏事。不会有人想掉进同一条河里，也不会有人想在同一个泥巴坑里摔两次。离一次婚，就够把普通人折腾得半死了，孩子怎么办？财产怎么办？这些是超级现实的问题，喝别人的鸡汤时，别忘记了，你的生活里，还有很多鸡骨头要清理，还有一堆你不爱吃的作料要剔掉。

当你喜欢一个人之后，得到的是浑身疲惫，要填一个又一个坑，当透支了你的情感之后，回头一看，自己一个人，不也能过得挺好吗？可以想去哪就去哪，可以把大把的时间用来做自己的事情，可以想什么时候回家就什么时候回家，何必去另一个人那里，给自己找虐呢？

我想要的爱情，就好像一只骆驼，原本打算独自穿越沙漠，会偶尔路过几摊水，偶尔看到绿植和虫子，但长时间都是独自承受着风沙、日晒、饥渴、孤独，但仍然自得其乐，也早已做好了如此跋涉一生的准备。突然抬头，遇到了一只同样穿过风沙、日晒、饥渴、孤独的骆驼。不需要歇斯底里的争吵磨合，不需要磕磕绊绊的试探，就能愉快地结伴同行。

如果没有，那就自己一个人也挺好的。

爱到最后，
拼的都是人格魅力

喜欢一个人是什么感觉？看《怦然心动》就懂了。当别的小朋友，还在因为得不到玩具，满地打滚，哭得一脸鼻涕时，朱莉就超速搞定了人生中的一项重要目标：找到了想嫁的男人，哦不，是男孩。

吃饭时，忍不住看他，嘴角挂着恋爱的笑意。

上课时，忍不住凑上去，去闻闻他的味道。

在家时，忍不住跟家人说起他，一遍又一遍。

她像极了《飞屋环游记》里的小女孩艾丽，把喜欢放在桌面上，丝毫不加掩饰，热烈地，勇敢地，去表达自己的情绪，本姑娘就是喜欢上你了，爱咋咋的。

在我的树洞里，常常收到一些夹杂着春心暗涌的邮件，喜欢自己的同事，怎么办？要表白吗？喜欢一个男生很久了，想让他知道，但又怕他知道，很矛盾。虽然我超级喜欢《我可能不会爱你》，但我真的不建议大家学李大仁。

你如果也那么默默地喜欢，最后的大结局，就是你躲在被窝里哭着看她和别人的婚纱照，等哭完了，还得包一个大红包，说一声走不走心已经不重要的祝福：祝你白头偕老（为什么不是我）、百年好合（为什么不是我）。

学学朱莉，爱嘛，就是一场死皮赖脸的圈地运动。

我一直觉得，人生就是一趟单行线，过一秒少一秒，能少一点遗憾就少一点遗憾。喜欢写小说，就动笔写，哪怕开始的时候没有读者，写得磕磕绊绊；哪怕十年后回头，你会觉得自己的文笔稚嫩，情节狗屎，设计的桥段也像小屁孩过家家，但就是这些日复一日的稚嫩玩意，逐渐堆起了你日后的光芒。喜欢旅行，那就去，暂时花掉一点积蓄，不是什么可怕的事。喜欢一个人就去追，被拒绝了又怎么样？反正你也没得到过，没什么害怕失去的。

我们最矛盾的一点，就是在体力最充沛的年纪，要被困在工位上，为了前途拼搏。等到攒了些钱，却终日不得闲，上有老人，下有孩子。

最后，当你终于有了大片大片自己的时间，却根本没体力去看世界，只能怀揣着病历本，去医院看病。所以，喜欢什么就去做，别等。

作为一部纯爱片，这部电影却极力在说：失去爱情，没什么大不了。

朱莉的爱情，是从布莱斯搬到她们家对面开始。她小小年纪，就已经熟练掌握了见色起意的本事。

还有另一本小说，《一个陌生女人的来信》，也是从搬家开始的爱情故事，更准确来讲，是暗恋故事。那个女人，深深爱上了搬来的作家邻居。当她的生活里没有作家时，万事万物都寂灭了，逛街没兴趣，戏剧不想听，什么都是虚空。她辗转奔波，像献祭一般，假扮成妓女，把身体奉献给作家。这样的爱，虽然足够深沉，但我实在找不到共鸣。还是更欣赏朱莉一些，哪怕她要追逐爱情，但也绝不忘记自己。

朱莉的性格有些边缘，她没有大量的社交，于是有时间做自己的事情。当别的女生聚在一起大谈指甲油护肤打扮的时候，她去了解永动机。当大家规矩地站在路边等校车，谈闲天的时候，她爬上梧桐树，欣赏更远更美的晨曦。当同龄的人还在附和自己的朋友、老爸，想叛逆却没勇气又没能力时，她老早就越过了叛逆期，学着用善意处事，学着多观察这个世界，和爸爸去陪有智力障碍的叔叔，帮爸爸干活。在别人眼里，她是个不折不扣的怪胎，但对她来说，别人一点都不重要。

29

这样的朱莉，不是靠爱情长大的，哪怕没有遇到布莱斯，朱莉仍然是朱莉，她还是会在世界的某个角落，结结实实地活着，把日子过得可圈可点，而且她的那些怪毛病，会随着同学们逐渐成熟起来，直到能真正欣赏一个人时，变成无可取代的吸引力。

住在她对面的布莱斯，如果没有遇到朱莉，他将不会受到无休止的骚扰，但很可能活成父亲的样子，不善于表达，没勇气改变，压抑着对自己的失望，敷衍一切，踩着别人的苦难开玩笑，还自以为很幽默。不出意外的话，他也会变成一个表面有点成功，内心却早已腐臭的中年男人。

豆瓣上，有个短评：**爱到最后，拼的都是人格魅力。**曾经，我也是个看脸的人，有个很帅很帅的前任，只是，再帅的脸，看多了，也成了家具。当两个人说话，不在一个频道，说一个笑话，还要回头解释三遍时，我内心就剩下无数个问号上下蹦跶，不断地质问自己："我干吗要说这个？"**灵魂能并驾齐驱的感情，是钱办不到的，脸办不到的，一时的甜言蜜语办不到的。**

解决单身很简单，是个男人就行。但找个久处不厌的人，要你够清楚，他够明白。

有句歌词是，得不到的永远在骚动，被偏爱的都有恃无恐。但我想告诉这些被暗恋的，被偏爱的人：不管用了，你们收敛一点吧，过了最初的躁动，你的有恃无恐就失效了，暗恋会到期的。因为，我们都会慢慢走到一个可以挑剔爱情的年纪。

买房的时候，有两个很明显不同的群体，一个是刚需，一个是改善。刚需急着买房，但手里头的存款没那么多，基本上会在瘸子里面挑将军，位置偏远一点，远就远吧，价格低嘛；面积小了一点，小就小嘛，又不用在房间里跑 800 米。因为需要，对房子的一些可见的不足，也都换一个方式和解，暂时忍下了。

但改善住房不一样，并不着急要买，银行卡里的余额也有底气，从地段到物业，从小区环境到房子面积，从南北通不通透，到阳台够不够大，全都要仔仔细细地挑剔一遍。

越来越成熟的朱莉，就是从刚需房到改善房的转变。当自己已经足够独立，爱情这件事，以及当初爱上的人，对她来说，开始变得不那么有魅力。当她站在梧桐树上，工人要伐树，她死活要守护这棵树，喊布莱斯上来帮忙时，布莱斯掉头走开，她就意识到她一直暗恋的男生，或许没她想象的那么好。她养的小母鸡下鸡蛋了，她热情地送给布莱斯，布莱斯当面接过鸡蛋，说一声谢谢，转头就偷偷扔在垃圾桶里，终于被她无意撞见了，她对布莱斯的失望，终于打败了旷日持久的迷恋。爱是一场圈地运动，但碰到太糟糕的地，就留给别人圈吧。

对于逐渐走出青春幻想的人来说，爱情并不是刚需，而是人生中可以有也可以不要的改善房。

考试前，老师都会一再提醒我们：遇到不会的题，别在那闷着头死磕，浪费时间，你就先跳过去，接着做下面的题。爱情也一样。如果你暗恋的人，对你明确表示了不愿意搭伙过日子，如果你追了一年的女生，对你还是暧昧不定，那就先跳过这道爱情题，你会发现，等你去看的电影，一堆一堆的，想去旅行的地方，也在挥着手召唤你。购物车里的书单，又在引诱自己。好玩的有趣的有意思的，那么那么多。人生这份考卷上，爱情题才值几分？往后放放！

等到你做了其他题，再回过头来，刚刚怎么都搞不明白的死结，有可能因为装载了更多的见识，变得轻松容易了。当我们慢慢成熟起来，再去看自己以前迷恋的人，可能会觉得，也不过如此。而且，在你做别的题目时，说不定还会有艳遇。

别在一道题上死磕，先把别的题做了，争取多考几分。突然觉得，老师的话真的很对。

你叫不醒装睡的人，

也骂不醒自以为是的人。

但是，

不逼一逼自己，

怎么知道自己没用呢？

愿这粗茶淡饭，
不消磨爱情

说起鲁迅，我们都知道他以笔为刀，怒斥杀伐、横眉冷对、所向披靡，看什么事情不爽，就骂个痛快。连郭沫若都忍不住调侃："鲁迅除了他自己，谁都骂。"

作为民国愤青界的 MVP，鲁迅连他那一抹胡子，都很有不妥协的硬气，像时刻准备着，要跟全世界大战三百回合。很多人甚至不知道，鲁迅也写过爱情。

在此之前的爱情，大都走的是才子佳人、鸳鸯蝴蝶的路线，他们在人潮涌动中，只是擦肩而过，就从此刻在心底，一眼万年，好像两颗红豆，突然扒开了绿豆们的屏障，彼此找到了此生的真爱。

这些爱，没缘由的。比如张生遇到崔莺莺，是在普救寺。张生隔了老远，眼睛如同雷达，探测到一枚美女，于是张生"眼花缭乱口难言，魂灵儿飞在半天"，瞬间被美到石化，所谓一见生情，其实就是见色起意。

而那厢，崔莺莺原本是个典型的大家闺秀，儒家标准下的三好学生。可是，她的丫鬟红娘，却是个放肆、热闹、野性的问题学生，硬生生地把崔莺莺带偏了。那些被废弃在血管冷宫里的爱啊、自由啊、本性啊，也开始热辣辣地翻涌着。当崔莺莺的雷达也探测到了张生，怪俊俏的，就舍不得离开了，"且回顾觑末下"，觑是偷看的意思，一步三回头，偷用余光，把你藏进心底。

两个人才远远见了一面，就爱了。我读的时候，总是感叹，幸好他们不近视，要是我这种600度的残疾，这么远远一看，只能搜索到一团模糊，估计是男是女都不敢确定。

接下来呢？当然不是红尘做伴，携手天涯，这样顺风顺水的感情，怎么配写成故事？怎么感动读者呢？崔张有老妇人，梁祝有马文才，宝黛有薛宝钗，焦刘有可恶的婆婆……总得有堵墙拦着，两个人为爱奋斗、舍弃生命，达到疯魔之境。这是古典爱情故事的高潮。

鲁迅才不按套路来。他写的爱情故事，名叫《伤逝》，主角是涓生和子君。涓生是个新中带旧的穷困文青，子君是个旧中有新的富家少女。

初尝爱情的涓生，是"常常含着期待"，每天在家盼望子君的到来，听到她小皮鞋敲打着砖路，就兜不住嘴角的笑。

初尝爱情的子君，对男朋友充满崇拜，就像当初小昭遇见张无忌，像小郭襄风陵渡口遇见杨过。涓生为她打开了新世界的大门，她仰着头，"两眼里弥漫着稚气的好奇的光泽"，听涓生谈论男女平等、谈泰戈尔、谈雪莱……

这一段文青相惜的爱情，很快遭遇危机，就是家长的反对。在传统爱情小说里，这是最紧张、最刺激的看头了，可鲁迅轻描淡写地，就帮他们搞定了。子君离家出走，和涓生同居，就这么开始了二人世界。

没有家长吆喝上一帮人，去堵男孩家的门；也没有拿钱砸在男孩脸上，你离开她，我送你房子车子票子。啥都没有，两个人也没经历生死反抗，就安稳地在一起了。

什么障碍都没了，他们从此就过上幸福生活了？那就太低估鲁迅骨子里的毒辣了，他"坏"就"坏"在，不制造任何困难，没有小三，没有恶婆婆，什么都没有，什么反对的声音都没有，什么恶人都不存在，就在晨起夜宿、一日复一日的平淡日子里，把爱情消磨得灰飞烟灭，永不复生。

刚同居的那段时间，子君人逢喜事胖三斤，脸也红润起来了，他们还养了小鸡小狗。只是，在这表面的幸福之下，涓生却不开心了。他抱怨女朋友被家务活抢走了，"管了家务，便连谈天的功夫也没有，何况读书散步"。

有时我也会想，爱情到底要怎么才能天长地久？小龙女和杨过结了婚，她如果洗衣服做饭、奶娃拖地，炊烟染脏了那身白衣，杨过会不会怀念他的天长地阔，和家庭结界外的江湖？小龙女会不会想念她曾经的清静，不用每天接送孩子上学，想练武功，就有整天整夜的时间练功。

子君每天要处理琐碎的家务活，涓生从没参与过，始终理所当然地接受。她早上要起来做饭，中午要跟邻居斗法，晚上再把这一天积累的牢骚，全都倒给涓生。原本的"美人相伴、诗书酒茶"，如今只剩下"生白炉子、煮饭、蒸馒头"。

这不是涓生想要的生活，于是他尝试改变，一把把子君拽过来，想要讨论文艺，讨论诺拉，讨论海的女儿……他试图把这个熏满了烟火味的女人，重新拉回自己的梦幻世界。

但他使出了吃奶的劲，却用错了地方。用微积分去解阅读理解题，拿不到分的。碗总要有人洗的，地总要有人拖的，他都不愿意去碰一下，却幻想对方，勤劳的时候是个万能保姆，诗意的时候能红袖添香。子君哪有那么多精力？

很多人说，长久的爱情，是如同朋友。可是子君和涓生，从来都不是朋友，而是女粉丝和男偶像。

子君就是那个没见过世面的女孩，轻易地陷入崇拜，看到一个读过几本书的男人，就激动得以为自己捡到宝了。至于他有没有责任心，有没有上进心，是不是有自己真正的思想，全都不重要了。

而涓生，也没把子君当成真正的朋友。他只是，享受在她面前能侃侃而谈的骄傲。毕竟作为一个性格孤僻、家境贫寒的男人，他早已受够了社会的冷眼。他享受她眼里投射出的倾慕，仅此而已。

同居后，当发现子君的眼睛整天锁定在那四只小油鸡身上，压根没功夫看自己一眼时，涓生就生气了。他想把原来的那个女粉丝找回来。

一个说："别管小油鸡了，我们来讨论文艺！"

另一个说："说什么文艺，我的小油鸡今天拉肚子了！"

看吧，谈话对不上节奏了，爱情就在这空缺之中，坠崖身亡。

粉丝和偶像待在一起久了，终究还是变成了互相嫌弃的两个人。很多人鼓吹一种吵吵闹闹的爱情，觉得两个人虽然彼此讨厌对方，但还是在一起一辈子了，他们仍然是彼此心里最爱的人，这样的爱情虽然不甜蜜，但也很美好啊。

我跟一朋友聊过，她完全无法赞同。因为，她爸妈就是谁都看不上谁，一天大大小小吵很多遍的夫妻。她说，有时候爸妈跟我讲，要不是因为我，他们早就离婚了。其实我很想告诉他们，把我当空气吧，你们赶紧去离。你们离婚后，肯定比现在过得开心。互相嫌弃就是互相嫌弃，跟爱情无关，维系两个人在一起的，也不是爱情，是现实。

后来，子君被父亲接回了家。再后来，她死了。"不知道是怎么死的？""谁知道呢，总之死了就是死了。"其实，子君早就死了。在涓生每天躲去图书馆，或者像现在的丈夫们，下班后宁愿躲在车库抽烟，周末宁愿独自去钓鱼时，这份爱情就死掉了。当涓生声嘶力竭地喊一声"我不爱你"时，子君就被判了死刑，且立即执行。

如果当初，在涓生想散步、聊天时，子君能暂时放下小油鸡，去理解、去好奇，成为站在他身边的人，或许就不会如此。

如果当初，涓生能真正听懂子君心底的悲哀，而不是用旧式大男子主义的那一套，堵死子君的希望，或许也不至于如此。

马尔林斯基说，毫无经验的初恋是迷人的，但经得住考验的爱情是无价的。确实，爱上一个人很容易，一直爱下去，就得打起全部精神。

生而为人，第一次活，第一次爱。当爱情被生活收监，总会伴着柴米油盐，学会朝夕相处，才是最好的结局。唯愿这粗茶淡饭，不消磨你们的爱情。

爱上一个有身份有颜值
有理想的和尚

单身久了，容易走上两种极端，一种是越来越习惯一个人的生活，越来越害怕被打扰，也越来越难有"糟糕，心动了"的感觉，越来越不愿意花时间花精力去和另一个人熟起来。而另一种是，只要看到稍微顺眼的人，就会立马沉沦。

《西游记》里的女儿国国王，就是后一种人。

在影视作品里，女王通常是白富美加上柔糯甜，后面三个字，分别指性格、说话、仪态。就比如说话，不求你吴侬软语，但一张口，音调里飘着杂粮煎饼味，就很容易笑场。哦，对了，还要够痴情，问世界情为何物，直叫人痴痴傻傻。

对比之下，唐僧就成了骗婚的大渣男，他答应跟女王结婚，就为了搞到一张通行护照，实在是下流、卑鄙、无耻。

等等，在你把唐僧骂得体无完肤之前，我们再来捋一捋吴承恩的思路。

女王第一次听说唐僧，是员工来汇报工作：报告领导，大唐皇帝的御弟，叫唐僧，想要办个护照，给不给他办？请指示。

有身份的男人，向来是小姑娘的死穴。如果是长得帅的还有身份的男人，肯定会有成堆的小女生明着暗着往上生扑。

女王竟然也不能免俗，她立马回了句："唐王御弟下降，想是天赐来的。"再次划重点，"下降""赐来的"，说明女儿国在地位的金字塔上，是低于大唐的。女王立马动了攀附之心，在没见过唐僧本人的情况下，不知道他是貌比潘安，还是歪瓜裂枣；也不知是有曹植的起步之才，还是斗大的字不认识一箩筐。前方一片虚空，只闪烁着四个大字——"唐王御弟"，女王就激动地扑上去：我嫁！我嫁！

每次读到这段，我都试图去理解她，站在国王和女人这两个位置上。身为一国之君，她有无上的权力，但也要承担一国子民的托付。好不容易来了个大唐王的御弟，她必须抓住了。在国家安危和利益面前，一己的情爱，或许连只蚂蚁都不如。政治联姻和民生大计有关，和百姓安危有关，和经济发展有关，唯独和爱情无关。别说对方是个和尚，就算是只龇牙咧嘴的大猩猩，她也要咬着牙，说一声：我嫁。攀上大唐这层关系，算是给女儿国找了个很强硬的后台了。

当然，这很有可能是我的一厢情愿。吴承恩或许会在地底下，把我臭骂一顿。如果跟国王的职业任务无关，那么从一个女人的角度来看呢？女儿国不就是升级版的文科专业、卫校、师范学校吗？放眼望去，清一色的妞儿，男人是绝对的稀有物种。记得有次"五一节"后，我是开学那天早上回去的，正好是大家陆续去教室的时间，我一路从校门口，数到宿舍门口，就遇到五个男生。之前就有姑娘跟我说：不是我多想单身，只是身边没有男生。大家都在吐槽相亲，但如果没人帮介绍，凭借一己之力，我注定会孤独终老。

女儿国的女人们，虽然可以去子母河喝一口河水，就能怀孕生宝宝，但她们毕竟不只是生育的机器，在她们的心底，也渴望能有一份爱情，也会在荷尔蒙分泌的时候，有一些生理冲动。

所以，唐僧师徒四人刚进入女儿国时，上到80岁老妈子，下到刚发育的女儿家，全都跑到街上看热闹了，边看边拍着手喊："人种来了！人种来了！"已经激动得毫不掩饰了。

汉子们可别以为，这里是男人梦寐以求的温柔乡，能左拥右抱，实现自己藏在内心深处的小梦想。恰恰相反，这里是男人的地狱。僧多粥少的时候，粥会被抢来抢去，男人也一样。甚至，还有更丧心病狂的，把男人的肉割下来，做成香囊，随身带着。看吧，梦想总是要有的，反正它会以你意想不到的方式破灭掉。

现实生活中，没那么病态，但也有很多恨嫁的女生，只要遇到条件入眼的，就巴不得赶紧领证，赶紧结婚。生怕多耽搁一秒钟，就要到嘴的鸭子，就成了别人的美食。

前面说了，不谈论她身为国王的责任，那么她作为一个身体健康，并且发育没受到任何障碍的女人，听到有一个身份、地位和自己匹配的人，忍不住春心泛滥，也无可厚非。女王很激动，差点穿上跑鞋，直接奔到唐僧面前说，小哥哥，洞房啊。幸好太师拦住了她：陛下呀，矜持，我去给您做媒，还不行吗？请您先把口水擦干净。

太师带去了女王的求婚，同时也带去了威胁：结不结这个婚，是你们的自由，但办不办护照，就是我们陛下的自由了。

接下来，请欣赏大型相亲现场，太师在求婚时，是这样说的："我王愿以一国之富，招赘御弟爷爷为夫。"

时光流转，化城为沙，很多情话都会在时间的摧残下，显露出陈旧、破败、酸腐的痕迹，唯有相亲这项活动，维持着亘古不变的面貌。这种对话，现在也常听到。"我闺女北京户口，只要北京人。""我儿子公务员，找一国企稳定工作的。""我们家娃年薪百万，你们自己看着办。"……凡此种种，都讲究个门当户对。

可是，女王优越的条件，是唐僧在乎的吗？连猪八戒都看得很明白，我师父他这个人，不是你们想的那样，他有自己要追求的事业，就是西天取经、普度众生，"绝不爱你托国之富，也不爱你倾国之容"，你们女王要是真想嫁人，放开我师父，冲着俺老猪来！

用金钱和美色，来诱惑一个和尚，这不扯淡吗！当然，我是指真正一心向禅的和尚，那些会在下班后泡夜店，或者看到美女就眼睛发直，再或者喜欢恐吓游客买香火的，可不算。

女王听到后，也许会委屈：人家哪里不好嘛？你为什么不喜欢人家嘛？这个问题，直到现在，也困惑着很多人。道理特别简单，就像你数学考试的时候，交了白卷，一道题都没写。你的数学老师，绝对不会因为你作文写得很好，就让你数学也及格。爱情里，有时候没有谁好谁不好，谁对谁不对，只是两个人想要的，不在一个频道上。你再好的条件，只要不是对方想要的，那就等于零。

女王甚至许诺，如果你跟我结婚，王位给你，我愿意做你身后的女人！可是，唐僧小时候写"我的理想"里，有说想当个国王吗？他动不动就哭鼻子的性格，适合统御国家吗？而他的兴趣，到底是经书，还是奏折？这些，女王没想过。

如果真让唐僧去当国王，我猜他每天早上，一定会跟我一样，听到闹钟就想死一死，想到去上班就像世界末日，一边蹲茅坑一边编第999

个理由翘班。

当女王终于见到唐僧，"看到那心欢意美之处，不觉淫情汲汲、爱欲恣恣"，这是久旱逢甘露，饥民遇馒头吧。

爱上这样一个和尚，不是女王的错。哦，对了，这个和尚还有点才华。有个叫杏仙的妖精，就是听到唐僧作了句诗：半枕松风茶未熟，吟怀潇洒满腔春。心头小鹿怦怦跳，向唐僧发出邀约："趁此良宵，不耍子待要怎的？人生光景，能有几何？"

爱情有时候，就喜欢搞一些恶作剧，它把一个有地位有颜值有事业心还有才华的男人，送到你面前，但很可惜，他是个和尚，或者他已婚，又或者他压根就不爱女人，总之是你不能下手的，徒剩下你抓耳挠腮，只可远观心痒痒，却不能亲近。

之前也有个姑娘，跟我讲，她爱上了一个有妇之夫。她知道这不合乎道德，她的良心和她接受过的教育都告诉她，这是不对的。但她就是控制不住，唯有自己在一个小角落里，偷偷地把喜欢藏好，按住，不露痕迹，等待这场暗恋，在时间里死去。有点心疼她，但我也明白，这是个无解的困境。

看完这本书，
我吃了一大桶狗粮

　　前方高甜预警：这本书，是顶配级别的炫妻指南。字里行间，就是赤裸裸的两个字：狗粮，狗粮，狗粮。长年单身又渴望爱情的朋友们，请准备好520胶水，来修补你即将受到大轰炸的小心脏。

　　我们都曾说，喜欢单身的自由、快活。谈恋爱有点像情节未知的悬疑片，不知道剧情会走到哪里，也不知道到底是哪个时间点，会出现问题。两个人在一起，会不会挤占彼此的空间？会不会隔三差五就吵得鸡飞狗跳？会不会连最初的一点好感都被擦除得一干二净？如果最后一定是悲剧，倒不如我们就在原地，保持安全距离，互相欣赏就好了。**我们不太敢爱了，不是害怕前方困难重重，而是害怕我们闯过了难关，才发现，走到了困难的沙漠里，前后都已无出路。**

但作者告诉我们，谈恋爱，也可以是两个人一起向传统宣战。有人陪你笑笑闹闹，陪你月下小酌，陪你夜晚走一走，陪你去看那么那么那么大的世界。陪你在精神的角落里，疯疯傻傻，放纵不羁。就是这份爱情，让我这只蜗牛，也愿意伸出自己的触角，去碰一碰爱情。

先请作者做个自我介绍。他就是我中学语文课本中最讨厌的人之一，沈复。那些出现在要求背诵名单里的作家，在题山题海的备考环境里，几乎都很难让我们留下什么好印象。

沈复这家伙，小时候就放纵不羁，把嗡嗡嗡的蚊子，想象成仙鹤在空中飞舞，"以丛草为林，以虫蚁为兽"，还把癞蛤蟆当成大怪兽，把自己脑补成奥特曼，用鞭子抽它，把怪兽赶出美好的人类家园。还记得，这个经典的开头吗？"余忆童稚时，能张目对日，明察秋毫。"没错，就是他。被他撒了一脸狗粮的，正是他的回忆录：《浮生六记》。

作者生在清朝，却有魏晋之风。跟曹雪芹笔下的贾宝玉一样，明明喜欢读书，却超级讨厌考试，讨厌虚伪的礼教。他没参加过科举，对当公务员毫无兴趣。没事就做点小买卖，画点小画，浪迹天下。用他自己的话说：性直爽，落拓不羁。

贾宝玉曾经的心愿是，非黛玉不娶，但他没能如愿，最后被哄骗着，掀开了薛宝钗的红盖头。而作者就是中了头奖的幸运儿，他年轻时就跟家长说：非陈芸不娶。后来，没有任何阻扰地结了婚，还把小日子过成了高甜偶像剧。

曾经，我以为这是本严肃的人生回忆录，充斥着跌宕起伏，以及生死关头后的大彻大悟，或者是老生常谈的那些问题。没想到，他捡起了生活里的小碎片，吹开灰尘，擦拭干净，大放异彩。

开篇，"闺房记乐"，又名"我的老婆全世界最好，她怎么样都好可爱啊"。13岁那一年，作者对陈芸一见钟情（当然，古代的13岁并不算早恋），回家就对老妈下了通牒：你要是想给我找老婆，我非陈芸姐姐不娶。其实，我第一次在电视上看到吴彦祖时，也有过这种想法，幸好被我及时扑灭了。

婚后的某一天，作者要出远门，陈芸就说，我也去我也去。你会经过太湖，我也想去开开眼界。"妾欲偕往，一宽眼界。"

于是，她借口说回娘家，跟老公乘坐一叶扁舟，泛游太湖。面对浩渺的湖水，陈芸感叹："今得见天地之宽，不虚此生矣。"

在女子笑不露齿、出门都难的时代，陈芸却藏着一颗看世界的心。而现在，看世界方便多了，很多女生却把自己困在了家、老公跟孩子的牢笼里，忘了一墙之外的风景。

林语堂说，陈芸是中国文学及中国历史上，最可爱的女人。我绝对投赞同票。谁不想跟她一起背着公公婆婆，偷偷跑去太湖，看她观玩洋洋万顷的湖水。如果她生在现代，谁不想跟这样的女生，来场说走就走的旅行，在山间搭帐篷，去法国喂鸽子。你想吗？你就想想吧。

沈复作为炫妻狂魔，原则只有一个：我老婆怎么能这么漂亮，这么有才，这么机智，这么可爱，这么善良，这么幽默，这么这么这么……天哪，我的词库出现了饥荒预警。

陈芸最喜欢的诗人是李白，她认为李白的诗，有一种落花流水之趣，令人喜爱。沈复说，大家都更爱杜甫，还是我老婆与众不同，眼光独特。

闺蜜来家里玩，陈芸就把老公赶出去住，跟闺蜜住一张床。沈复一点都不生气，也不搞大男子主义那一套，而是心甘情愿地满足老婆的要求，把床让出来。

有一次聚会，大家想喝酒，但没炉子热酒，难免不尽兴。陈芸灵机一动，雇了卖馄饨的，让卖馄饨的把炉子弄过去，又准备了吃的喝的，一群朋友既从诗词歌赋谈到人生哲学，也能大饱口腹之欲。沈复鼓掌称赞，我老婆的聪明，无人能及。

如果有部纪录片，拍沈复的日常，肯定会看到这些画面：老婆给他做了顿饭，他毫不吝啬地夸起来，我老婆最贤惠。他去小花园溜达一圈，又忍不住夸几句，瞧我老婆，能把破帘子弄成栏杆，太会持家了。他走着走着，可能也会停下来，幸福又遗憾地对镜头说，跟我聊得这么投机，她要是男人多好，我们就能一起浪迹天下了。

每次看古装剧，都有女扮男装的情节。我一直觉得挺荒谬的，那些人真的看不出来吗？是瞎吗？万万没想到，沈复的老婆，还真玩过女扮男装。

沈复要去参加个 party，陈芸当然心痒痒了，外面的花花世界，她都想去凑热闹，这才不负此生。作为宠妻狂魔，又同样不拘小节的沈复，当然就陪着老婆疯咯。他把自己的衣服帽子裤子拿出来，又是梳头发，又是搭配鞋子，愣是把老婆打扮成了一个帅小伙，还谎称是自己表弟。

天哪，谁来拯救我的眼睛！我是在看偶像剧吗？陈芸毕竟是第一次，没经验，还有几分担心，要是你朋友认出了，笑话我呢？要是你妈妈知道了，责怪我呢？沈复拍拍胸脯：有我在，给你撑腰。

这样的爱情，甜得让人流口水。他们不是举案齐眉、相敬如宾。更像两个不愿向世界妥协的孩子，手拉着手，笑笑闹闹，闯出一条通往内心自由的路。

沈复不想当公务员，陈芸从不催他考个功名。两个人在一起后，最能杀死爱情的，是其中一方心怀不满。看到别的男生年薪百万，就恨不得自己的男朋友全身大换血，也变成奋发图强的励志少年。于是，把要求和对比挂在嘴边，"你怎么整天玩游戏？""你就不能换一份工作吗？"每一次进出口的不满，都是在前方埋下一颗炸弹。

有些人喜欢当妈式恋爱，找个男朋友，跟找了个儿子一样，处处要指导工作。穿什么衣服，要过自己这一关。跟在屁股后面念叨，你怎么这么不上进，你就不能像谁谁一样吗？既然这也看不惯，那也看不惯，当初是怎么在一起的？

我们都说，谈恋爱，三观一致很重要。当所有人忙忙碌碌，醉心功名，我愿与你偷偷去太湖，我想和你在桥下看月亮，我想女扮男装和你出去玩。**我们在一起，是走着走着遇到了同行者，而不需要我放弃自己的方向。**

愿你，也能找到这样的另一半。

如果还没有，好好睡一觉，做个梦吧。

作文 0 分，
情话 10000 分

有一个创作欲旺盛的男孩，他很喜欢写作文。上厕所时，他也不闲着，用拉屎的劲儿，来写作文。据说，上一次厕所，能写出四首诗。他就是乾隆。

但是，写诗和泡妞一样，光有热情，是远远不够的。你天天泡在女神的朋友圈里，疯狂评论，"真美""哈哈哈哈哈""你好可爱"。或者一天问八十遍，"在吗""吃了吗""在干吗呢""睡了没"……你能追到女神吗？有 99％的可能，被拉黑，还有 1% 的可能，成为备胎。

荷花开放的时节，人家杨万里，在荷花才刚长花苞的时候，拿出了非常小清新的特写，"小荷才露尖尖角，早有蜻蜓立上头"。又在荷花开到最盛的时候，给了张全景图，"接天莲叶无穷碧，映日荷花别样红"。王昌龄，在荷花里写出了恋爱的感觉，"荷叶罗裙一色裁，芙蓉向脸两边开"。作文热情男孩，乾隆，也绝不示弱，于是他大笔一挥，写出了别样的风味，"玻璃瓶子蒜头粗，绰约新荷插防株"。

乾隆的诗，到底烂在哪？看他的《捕鱼》，就明白了："鲤鲢留取鲲鲕放，却为西湖蓄有余。"哈哈，老子今天休息，去抓鱼咯。把大鱼弄回去炖了，鱼子鱼卵，就都放掉，让西湖的鱼，可持续发展。这是他的毛病，也是今天很多人讨厌作文的根由。口水化、无立意、无情感，为写而写。

高中时，碰到过一个作文题目，叫"品味时尚"。遥想当年的我们，穿着比孕妇装还肥大的校服，里面塞得下一件羽绒服。打耳洞都是大逆不道。听音乐要没收作案工具。拿什么品味时尚？

同样是以鱼为话题，柳宗元就写出了一代绝响，"千山鸟飞绝，万径人踪灭。孤舟蓑笠翁，独钓寒江雪。"他写的是钓鱼，写这首诗的时候，柳宗元因为改革失败，被贬到永州，历时10年，被管制，被软禁，政治上的失意加上生活中的不自由，挤压了他曾经充满抱负的心，产生了化学反应，成就了一首孤独的宣言。每每在心里拒绝，都觉得人生能有多大点事。

这样的心境，含着金汤匙出生的乾隆，是触碰不到的，更无法在随便抓鱼玩玩的过程中，找到共鸣。

文学创作是个很矛盾的玩意儿，民国时期，社会动荡，民不聊生，反而在混乱中，诞生了一大批真正的学者、作家。后来的“十年动乱”，也催生出了一批优质作家，余华、莫言、苏童、阿城、王小波……他们体验苦难、观察苦难、书写苦难。

乾隆之前写诗，基本是吃饱喝足后的消遣，他的诗作真正出现变化，源于富察皇后去世。极度的悲伤，让他的文字有了沉淀。

悼念亡妻的词文，印象最深的，就是苏轼的《江城子乙卯正月二十日夜记梦》和归有光的《项脊轩志》。一个是“十年生死两茫茫，相顾无言，唯有泪千行”，感情是可以跨越语言的，两个人的沉默，胜过千言万语。另一个是“庭有枇杷树，吾妻死之年所手植也，今已亭亭如盖矣”，人已故去，枇杷树还在不管不顾地生长，离别的残忍，就是谁都不能喊暂停。动了真感情，就会动人，乾隆的悼亡诗，也是如此。

富察皇后是他的初恋女友，也是他一生挚爱。他受不了对方的头像永远黑掉了，发过去的消息，再也等不到回复。醒着太痛苦，他宁愿埋头睡一会。至少，这样还能在梦里，见到对方，“思量不及瞢腾睡，犹得时常梦里逢”。

到了结婚纪念日，七月十八日那天，乾隆满脑子都是当年结婚的情景，那时有多开心，现在就有多心痛，“嫌人称结发，嗟我失齐眉”。

富察皇后之所以去世，因为她的两个儿子全都病死了。乾隆想到这，都会自责，早知如此，当初不要娃就好了，"早知失子兼亡母，何必当初盼梦熊"。

后来，他虽然有性生活，却从不跟别的妃子过夜。清明时节，他反思了一下，不是别人不好，但就是谁都替代不了那个人在他心中的位置，"岂非新琴终不及，究输旧剑久相投"。又一年清明，他去祭祀皇后，哭到心痛，"正是朝来传禁火，两眶清泪一心寒"。

很久很久以后，多少对夫妻从相爱，到互相嫌弃，一整天都说不了两句话。有多少小屁孩，成了拎保温杯的中年人。乾隆的曾孙，都要结婚了，他习惯性地跑去跟皇后唠家常。"跟你说哦，我们的曾孙都结婚了，你能听到吗？""曾孙毕姻近，眠者可闻知。"

写给皇后的悼亡诗，读起来，哪哪都对了。他不再费尽心思去引用名人名言，去找典故。也不再挖空心思去堆砌对偶。更不会束手束脚，像以前那样，写了一堆，却都是废话。

PART2
我不要你觉得，
我要我觉得

家暴是会遗传的

关于电影《神秘巨星》，我看到了铺天盖地的好评，普遍认为这是挥向家庭暴力的一记重拳。

故事并不算新鲜，小女孩尹希娅，生活在一个充满暴力的家庭里。妈妈忘记烧开水，就会被爸爸打断手；妈妈没收拾行李，就会被爸爸臭骂一顿。跟同学旅行回来，妈妈在车站接自己时，戴了副墨镜，原来她左边眼睛周围，又被爸爸打出了一片淤青。爸爸就像家里的不定时炸弹，让妈妈随时胆战心惊，哪怕是一件芝麻大的事情，都会变成火苗，瞬时引爆炸弹，炸得妈妈遍体鳞伤。爸爸出差，就是母女俩最快乐的时候，随便说话，随便看电视，随便穿什么衣服。

对爸爸的不满，一天天堆积，尹希娅再也受不了了，她决定站出来反抗。她穿上黑袍，偷偷录歌，小心又大胆地追求唱歌的梦想。她不想看到妈妈这样毫无尊严、随时会受伤地活着，就怂恿妈妈离婚。很多观众表示，"被感动得稀里哗啦""尹希娅很勇敢"，可是，我没法大唱赞歌，她太像爸爸了，正如陈粒的歌名，易燃易爆炸。

尹希娅讨厌爸爸动不动就发火，打人，像一头没开化的野兽。可是，她自己呢？弟弟只是跟她撒个小娇，要颗糖吃，她就气冲冲地轰走弟弟。有一天，她发现自己的手工材料被弟弟拿去了，就大发脾气。弟弟并不是个熊孩子，相反，很贴心，很暖人，他看到爸爸摔坏了姐姐最喜欢的电脑，就开动自己的小脑袋瓜，打算用胶带把电脑粘好。看到姐姐生气，他也立即道歉："我想给姐姐准备礼物。"尹希娅面对好意，没有被感动，反而扔下了一句，我不需要你的礼物。

她对待暗恋自己的男生，也同样脾气暴躁，并且不分时间场合地发泄。男生只是想哄她开心，就被她当着同学的面，吼了一句："你是条狗吗？整天跟着我。"她要去孟买录歌，男生全力支持，并且出谋划策，他帮忙打印机票、制订逃跑路线。准备从后门跑出学校的时候，意外发现那道小门竟然被锁上了。尹希娅不是想办法解决，而是对着那个全身心喜欢自己的男生，甩脸色，发脾气，再加上一通气话，转身就要走。只要稍不顺心，她就立马吼一句："你别烦我了行不行？"哪怕，别人是在帮助她。

妈妈不同意离婚时，她踢翻了玩具，摔碎了东西，用手捶墙，一下一下，似乎要撕碎身体里的怒火。

这，不就是爸爸的翻版吗？她的身体里，流淌着跟爸爸一样易怒的血液。为什么，大家只看到主角光环，却不愿意正视这个问题呢？承认她很暴躁，很难吗？承认她不太能控制脾气，很难吗？好的角色是真实，而不是完美。

世界上最痛苦的事，就是活成自己讨厌的人的样子。年轻时，你天天高喊着讨厌中年油腻男，但有多少男生，活着活着，就不小心长出了软弹软弹的小肚子，头发抵挡不住岁月的采摘，迎人一笑，油光四溢。说不定我们穷尽一生，也只不过稍微抵挡住往下滑落的诱惑。往讨厌的方向堕落，实在易如反掌。

《小门神》里，说了个故事，曾经的屠龙少年，自己也变成了恶龙。尼采也说，当你凝视深渊时，深渊也在凝视你。萧红受过伤，却又用同样的方式伤害别人，正如《神秘巨星》里的小女孩。

大学时看过一部日剧，《最后的朋友》。女主的老公，家暴成性，哪怕女主只是跟别的人微笑，回家都要挨打。过后，他道歉、忏悔，发誓再也不会了，可是没有用。再也承受不住这样一次次伤害自己最爱的人，他选择了自杀。鲜红的血，洁白的布，结束死死纠缠自己的恶魔。

剧中点明了他的困境，认为家暴是会"遗传"的。女主的老公，小时候就生长在家暴的环境里，爸爸易怒，好像随时都要把家踢翻，动辄谩骂殴打。

看《神秘巨星》时，我以为，弟弟会染上爸爸的臭脾气，没想到，受爸爸影响最深的却是姐姐。或许，连她自己都没意识到。

但是，导演肯定知道，而且用了大量的镜头，告诉我们。若以后顺遂，她也许会美好。若生活起波澜，她难保不会把不开心宣泄在男朋友身上。

看电影的时候，我多么希望，她身边的人，妈妈也好，弟弟也好，男朋友也好，能找个恰当的时候，告诉她一句：尹希娅，你这样的脾气，不太好，你在走向你爸爸。

在任何一个良性的关系里，爱都不要变成一味的纵容，趁那个缺陷还很小，就善意地指出来，正视它，改掉它。而不是一直忍着，等到你再也忍不动的时候，转身离开。

况且，如果我牙齿上有个青菜叶，或者我头上有块头皮屑，我做事情不够认真，我喜欢拖延，我都希望站在我身边的那个人，告诉我，提醒我，哪怕是臭骂我一顿，让我知道。我也想变成更好的人。

雪崩的时候，
没有一片雪花是无辜的

胖虎们又在兴风作浪了。四川一女生，35 秒被扇耳光 14 次。香港大学的学生们，把性侮辱当作玩笑。前有蜡滴下体，又被爆出用性器官打头。而这，竟然是他们所谓的新人传统。

我看了那个视频，一群人围着被欺负的男生，帮忙、起哄、大笑，像一帮恶心的畜生，玩弄刚到手的猎物。生而为人，他们不配。

在《哆啦 A 梦》里，有一对有戏剧冲突的人，大雄和胖虎。大雄体格瘦小，胖虎虎背熊腰，故事经常从他欺负大雄展开。

不知道有没有人好奇过，胖虎为什么要欺负大雄，是大雄已经在骨子深处，默许了这种欺负？

我想了一下，或许因为大雄整天低着头不说话，像个好捏的软柿子，还是他喜欢和女生聊天，胖虎看不顺眼，或者，没有加入胖虎的小团伙，必须给他点颜色瞧瞧？看了《哆啦A梦》，你会发现：对一个擅长发动霸凌的人来说，理由是完全不重要的。我开心时，欺负你助助兴；我不开心时，欺负你撒撒气。

有一次，胖虎炫耀自己蹩脚的知识，他说："我发现磁铁的N极跟S极靠近时，会互相吸引，我一定能得诺贝尔奖的。"大雄小声嘀咕了句："我幼儿园就知道了。"胖虎立马脸红脖子粗，眼珠子都要气出来了，追着大雄就要揍。"你竟然让我在大家面前丢脸，我不会放过你的。"这次勉强可以说，怪大雄嘴欠，惹到胖虎了。

但后来，胖虎的霸凌就变成了一种条件反射，好像他一见到大雄，就有义务欺负他一下。他仗着自己腰粗膀圆，冲到大雄面前，就下命令："学狗叫给我听。"大雄玩过家家，他会跟小夫一起，做鬼脸嘲笑。大雄约静香读书，他会挥着拳头说不准。

对胖虎来说，解决问题和发泄情绪最简单的途径，就是暴力。或许，哪天他手指头有点痒，也会把大雄堵在操场上，揍得他不认识回家的路。

霸凌中，还有一个理由叫"你跟我们不一样"。"你这个死肥猪""你和女生一起玩""你不爱说话"……只是某些方面不同而已，但当一个人和一群人抗衡，为了给欺负找一个正当理由，就把不同分成了对错，霸凌也变成了"正义"的讨伐，好像每个参与者都有了为民除害的道义。

高中时，我们班上就有一个男生，和别人不一样。男生的宿舍总是乱糟糟、臭烘烘的，他的床铺总是收拾得很干净。别的男生从起床到出门，五分钟，脸用水冲一下就好，他总会妥帖地收拾自己，洗面奶、爽肤水、面霜、防晒霜，一样不落，才允许自己出门。别的男生一下课，就哄笑着跑下楼，到篮球场上闹起来，他会安静地待在座位上，看着窗外。每天，他都会把一个喝完的牛奶瓶摆在窗台上，连续一周，摆成一排，有阳光的时候，透着不现实的美感。他还是班里唯一一个会穿粉色 T 恤衫的男生。

他没有朋友，总是独来独往。很多年之后，我才理解他身为"另类"，活在一汪未开化的深潭里，每天要经受多少次指指点点，和不期然撞上的白眼。但转念一想，他也是够倔的。

一件衣服而已，他明明可以和很多男生一样，穿黑白灰的安全系。一个课间而已，他明明可以走下楼，和别人勾肩搭背，跑到篮球场，也不困难。就像有些不喜欢篮球的男生，为了和大家打成一团，偷偷皱一下眉头，转身就和大家下楼了。这么想一下，我变得很佩服他。他可以伪装得和你们一样，但他偏偏不想迎合你们这群人。

高考结束后的那个下午，他在回家路上，被班上几个埋伏好的男生打了一顿，还惊动了警察。后来，那群男生聊到这件事，很是得意，"谁让他那么娘娘腔"，一脸终于解气了的表情。

看过一个帖子，有个女生只是因为跟班上的大姐头撞了衫，全班女生都收到警告："谁都不准跟那个小贱人说话。"在胖虎们的脑袋里，就是人性崩坏的深渊。这里没有善良、正义，只有"你好欺负""你是个怪胎""就是看你不顺眼""你是新来的，要让你知道规矩"。

胖虎身边，一直有个帮凶，叫小夫，他家里有钱，但个子瘦小。客观条件跟家庭教育，不允许他冲在最前面，做暴徒的领袖，去海扁大雄一顿。

但是他阴暗的内心里，滋生了作恶的毒瘤，于是，他会做点小恶。比如，让大雄替他值日，扫地擦玻璃；给他跑腿，买瓶矿泉水，或者给隔壁班班花送零食。

他还会煽风点火，搬弄是非，他自己没办法揍大雄一顿，但有人可以，他喜欢挑拨矛盾，让自己平静的生活里，能有好戏上演。比如，跑到胖虎面前告假状："那个死大雄，他说见到你，就狠狠修理你。"胖虎一听，又喊大雄操场见了。他会帮胖虎打听，大雄什么时候会路过学校边的小巷子；会在胖虎扇大雄耳光时，捂住大雄的嘴巴；也会哈哈大笑，捧着手机录视频，随后还猥琐地发到网上。

小夫们或许会觉得，自己也没犯什么大错，又不是他动手的，他只不过在旁边笑一笑而已。有专家说，如果缺少围观群众，霸凌者会觉得无趣。而小夫，就是认可、助长校园霸凌恶焰的从犯。

每每遇到这种情况，网上就有人跳出来指责，霸凌者是太缺乏教育了。其实，他们从来不是缺乏教育，只是缺乏正确的教育。

每次胖虎惹事，他妈妈难道不管吗？胖虎的妈妈，简直是中年女版胖虎，同样的虎背熊腰，同样的大嗓门，也同样的思维简单。每次胖虎做了坏事，她就会拖着粗胖的身子，挥舞着壮实的拳头，吼得地动山摇："你这个粗鲁的孩子，看老娘不教训你！"就这样，胖虎被他妈妈用拳头教育了一顿。每个熊孩子背后，都有一个熊家长。

熊家长的所谓教育，只会像屎壳郎一样，把问题的粪球越滚越大。一方面，她再一次用自己的行动，让胖虎更坚信，想解决问题吗？那就挥拳头吧；另一方面，胖虎挨了揍，会乖乖去闭门思过吗？会的，他会把过记在大雄身上，认为因为大雄，自己才挨了揍，必须要揍回去，替自己报仇。

《新警察故事》中，吴彦祖体内的恶念，就是被爸爸的暴力教育逼出来的，他去抢银行，去屠杀警察，寻找报复的快感。在美剧《犯罪心理》中，犯罪侧写师们会根据罪犯的伤害对象、手段、地点等，预测凶手的职业、年龄、性格特征等。而很多次对性格成因的挖掘，背后都伴随着压抑、暴力、被动辄打骂的童年阴影。教育失败的家庭，就是霸凌者的加工厂，他们无意中生产了一个小恶魔，再推向人群中。

有时候，大雄为了不被欺负，也会巴结胖虎，转身去欺负更弱小的人。当胖虎说："你不喜欢小丽，就把她弄哭给我们看，不动手就是胆小鬼。"大雄秒变狗熊，把小伙伴给惹哭了。在霸凌的食物链上，大鱼吃小鱼，小鱼吃虾米，大雄为了自保，也会变成自己曾经讨厌的胖虎。

在泰国的电影《小情人》里，小男孩为了证明自己也很爷们，就和男生们一起踢球、站在桥上对着小河撒尿。男生们也给他布置了同样的任务，去把小妞们玩的皮筋剪断，去把她们过家家的东西弄坏掉。小男孩照做了，也失去了最好的玩伴，成为他一生的遗憾。

知乎上有道问题："小时候的那些胖虎，现在过得怎么样？"有个被欺负过的人说："他们有的考上了一所好大学，没事在朋友圈秀恩爱。正常的，我都会怀疑，是不是当年自己真有问题。"**雪崩的时候，没有一片雪花是无辜的，而真正无辜的那个人，却要在成年之后，自我怀疑。**

现实的大雄们，没有哆啦A梦的助阵，他们只能乖乖挨揍，身上留下伤痕，耳边留下耻笑，内心结下一碰就痛的疮疤。无人可言。

一想到为人父母不用考试，就觉得太可怕了

日本作家伊坂幸太郎写过一句话，一想到为人父母不用考试，就觉得太可怕了。《明天，妈妈不在》中的几个小孩子，深有同感。

他们中，有个小女孩，名叫邮箱。为什么叫邮箱呢？在日本，有种弃婴邮箱，箱子恒温，36 摄氏度，有摄像头，会自动上锁。如果有哪对父母，不想要自己的宝宝了，比如嫌弃他有残疾，或者养不起，又或者根本没有一个完整的家庭在等待他，那就可以把婴儿放在邮箱里，等待福利院的人把他带走。

邮箱刚出生，就被扔了，她从小就生活在福利院"小野鸭之家"。在小野鸭之家，她有几个室友。

一个叫储物柜。是被爸爸丢在超市一元存包柜里的。

还有一个叫弹珠。弹珠的妈妈，动不动就把自己平时受的气，撒在弹珠身上，脾气很差，还会打骂。而且，他妈妈赌瘾特别大，因为去玩弹珠游戏，就把孩子锁在了家里。在热烫的空气里，弹珠差一点就脱水而死。

还有一个叫钝器。妈妈用烟灰缸打了男朋友，被警察带走了，她无人抚养，只能被送进福利院。

以及，贫穷、琴美、老妖婆。

每个名字，都像一把刀，每喊一次，就捅她们一下。不同的原因，使他们被至亲抛下，只能拥抱着，相互取暖。

这群福利院里的弃婴，所面对的世界，寸草不生。他们来到这个世界，感受到的事情，是被抛弃，没有人爱他们，他们只有彼此。

这群小孩子，有性格极端孤僻的，不和任何人对视，不跟任何人说话，每天都把自己关在房间里。也有阴暗的，有两面派，极端的环境让他们早熟。或许是太真实了，真实到残酷，观众都接受不了，刚一开播，就遭到前仆后继的抵制、谩骂，连广告商都纷纷撤资。它揭穿"父母一定会爱我们"的假象，揭穿领养人的恶心嘴脸，揭穿孩子的阴暗面。

弃婴的话题，离我们很遥远。毕竟，我们已经到了离弃父母的年纪，而不必担心被父母离弃。我们更像剧里的魔王。对温馨的童话早就免疫，对虚伪的崇高早就厌倦，更愿意听到能戳破真相的大实话，哪怕难听，但至少真实。

比如，大魔王会对孩子们吼："你们是被父母抛弃的孩子，仅凭这一点，人们就会带着偏见看待你们。""在这里的你们，就跟宠物店的狗一样。""宠物的幸福，由收养人来决定。"话糙理不糙。

对了，大魔王是福利所的所长。好像每个学生的生命里，都有一位脾气不好，说话难听，但就是有道理的老师。看着大魔王，就想到我高中化学老师。

邮箱是福利院的老油条一枚，她深谙社会的生存法则，非常善于讨好来领养她的人，她知道领养的家庭会喜欢什么样的孩子，也善于扮可爱、装懂事，来讨好领养家庭。

但真实的她，在小小年纪就经历和见识了那么多阴暗面，她记仇、报复心强、人狠嘴毒。但另一方面，她又是福利院其他孩子的保护伞，无论谁被欺负了，她都像母鸡护崽子一样，冲上去撑开一片天。

弹珠，就是那个因为妈妈沉迷于弹珠游戏，把自己关在家里，差点死掉的小孩子，他念幼儿园。有一天，在幼儿园放学的时候，弹珠被一群家长指着鼻子骂："没爹没娘的孩子，就是没教养。"接弹珠放学的邮箱，直接冲到校门口，一脚踹倒了妈妈们的自行车。

弹珠喜欢抱着一个沐浴露的瓶子睡觉，因为那个沐浴露是妈妈用的牌子，他抱着瓶子，就觉得是妈妈的味道。看到这里，我真的哭成了傻妞，你对孩子那么无所谓，但你仍然是他唯一的安全感。

弹珠被一对无法生育的夫妻领养了，但在新家里，他们表面上很关心他，很疼他，却不能接受他的瓶子。他们把瓶子夺过去，扔进了垃圾桶。弹珠在极度着急和伤心之下，晕了过去。

就在这时，邮箱如同女侠一般，抢一块板砖砸烂了玻璃窗。她不是从天而降的，而是舍不得弹珠，又担心他，不知道他在新家过得好不好，于是一直暗中观察。她冲进屋去，一把抱住昏倒的弹珠。眼神，带着两米八的杀气，扫射全场，仿佛在告诉大家，谁敢靠近，我就弄死谁。

这个眼神，让我想起了小时候家里养的狗，下崽子时，方圆一米，任何人不得靠近，否则翻脸不认人。她对每个人都这样，拼了小命，保他人周全。是所有人的老妈子。她刚出生，就被放弃了，但她没放弃自己，也不放弃任何一个朋友。

领养的人，也未必好心。有一家女主人，从福利院领养，就是为了给恋童癖丈夫找个玩物。有人为了给女儿找个解闷的宠物。所有的主动权，都掌握在大人手里。这部剧，就是在反抗中，告诉大家，凭什么孩子不能选择？凭什么生而为小孩，只有被摆布的地位？

在传统价值观里，血浓于水，这部剧，就是告诉大家，生人者，未必有资格为人父母。钝器的妈妈，就是例子。为了和男朋友在一起寻欢作乐，竟然狠着心，把女儿一直扔在福利院，等到分手了，又回来找孩子。分明就是把孩子当成玩具，不需要时扔一边，寂寞了又捡回来。等到再次不需要时，又嫌她累赘。

当养母和生母，同时抢孩子时，钝器喊了声：好疼。养母听了，立马心疼地放手。宁愿孩子离开自己，也不愿孩子受到伤害。而生母呢，不管不顾，仍旧使劲拉扯孩子。母性都被狗吃了。

是枝裕和有部电影《无人知晓》，也是弃婴题材。一个妈妈，原本带着四个孩子，他们的父亲是四个人。电影从一开始，就在告诉观众，这个妈妈很不靠谱。她每天早出晚归，为了自己谈恋爱，约会，把四个小孩扔在家里，基本上是大儿子充当了父亲的角色，照顾大家。

但他终究只是个小孩子啊。他心里有点瞧不上妈妈，但又本能地依偎着妈妈。妈妈晚上回来，他在看书，假装没有看到，也不搭理她，但镜头特写了他嘴角瞬间浮上的笑。

妈妈最终还是抛下了他们，没钱交水电费了，只能跑去公园里洗脸刷牙，每天从公园接水回家。吃不起饭了，弟弟饿得吃纸。

大儿子辗转找到了妈妈的新号码，结果一拨过去，是一个男人的声音。妈妈已经结婚了，电话那头的语气，是毫不掩饰的喜悦，她彻底不要他们了，像丢掉自己不再穿的衣服、不再喜欢的玩具、不再看的书一样，但她没意识到，这是四个人，会吃饭会思考会爱的人。

是枝裕和用几个孩子的背影，结束了这场悲剧。后来呢？正如电影的名字，无人知晓。无人知晓他们的存在，无人知晓他们的绝望，也无人知晓他们的以后。

邮箱说过一句话，送给所有曾经被放弃过的人：畜生，我绝对要**幸福！只要有力气，就狠狠地幸福，这是对他们最好的报复。**

听说，你们
理科生看不起文科生

一个学文科的姑娘，夸理科生室友看的书很牛。正常人被夸奖后，大都会礼貌地说一句谢谢，可那个理科生室友竟然找到了嘲讽文科姑娘的机会，回答她说："对呀，你也要多看看这类书。你们文科生就是没逻辑，感情用事。"

选个理科，还选出优越感来了？作为一名文科生，我真的很想聊一聊，这种愚蠢但普遍的观念。

"你们文科生"，我发誓，这五个字是我第二厌烦听到的开头。第一是"不是我说你"，不是说我，那就不要说了好不好。"你们文科生，都很路痴。""你们文科生哦，能不能有点常识？""你们这些学文科的，跟你们讲不清楚。""你们选文科，不就是因为理科太差吗？"

自从分了文理科，文科生身上就自动背了个锅，专门用来盛放各种偏见和误解，和理科生不定时抛来的鄙夷眼神。在某些人眼里，文科不就是死记硬背吗？不就是因为成绩差，才去选文科吗？拜托，能在脑中塞下低配版人文百科，从《史记》到海明威，从马原到罗马陪审制度，从黄赤交角到"夫列子御风而行"，你也死记硬背试？不要用你会计算粒子动能的脑袋，来鄙视别人分析潘金莲性格特征的智商。我们本是同根生，只是后来术业有专攻罢了。

理科生怎么就占领智商高地了？还有人更厉害，说文科生的工作，编辑文案策划记者，理科生轻松上手，但理科生的工作，文科生都看不懂。还总结为，社会价值差距。我承认，我喜欢高智商型理工男，很崇拜谢尔顿、图灵之类的，但让他们来写品牌宣传营销方案试试看？照样会头疼。

有人说，文科生就是看书写字。实际上，文科生的脑子里盘踞着人类的文明演进跟每一个小情绪，还是随叫随到那种。不是会 C 语言、会写小程序才叫社会价值；也不是会用 Visio 画产品原型图才叫社会价值。讲白了，我们都是讨生活的，谁又比谁高级呢？

当然，文理科确实存在思维差异。比如上大学那会，晒完被子，我中二地发了条状态："被子里都是阳光的味道。"一学医的哥们立马回复："那都是螨虫尸体的味道。"好吧，过了矫情少女季的我，承认他是对的。

网上流传着一个段子，"叶子的离开，不是风的追求，也不是树的不挽留，而是命运的安排，自然的选择，花开花落，天道轮回，该来的会来，该走的会走。"某理科生回道："不是脱落酸的作用吗？"

同样的笑话还有很多，有个姑娘带爸妈去海洋馆，妈妈感叹："看到鱼儿游来游去，内心都平静了。"结果，爸爸盯着玻璃一顿猛瞅，感叹道："这是由两块两层的有弧度的钢化玻璃拼接起来的啊，怎么做到的？这么大的水压。"但这些，只是长期教育熏陶下，培养出来的思维差异，而不是，人与人的差距。

偏见，归根结底源于无知。无知，归根结底源于教育。大环境说，学好数理化，走遍天下都不怕。于是你雄赳赳气昂昂，以为学了理科就能成王。大环境说，以经济建设为中心，要富强要有钱。于是你也被灌输了"理尊文卑"的腐臭观念。就像千百年来，根植于中国人内心的男尊女卑，直到现在，男女平权还是需要人为之奋斗的问题。

在古代，提倡读书，万般皆下品，唯有读书高。会写八股文的人，要比贩卖丝绸的高级；会背"四书""五经"的，要比搞科研发明的硬气。那又怎么样呢？所谓种种价值观下的优越感，不过是来自工蜂的无知。我们只是历史轮轴中的一员，原本该成为一个完整的人，却被社会主流的观念倾轧，成了一个被阉割的思想太监。可笑的是，有些人还因为阉割手法的区别，觉得比别人高级。

常常听到这样的话："理科生还这么爱看书啊！""理科生的文笔这么好！""文科生能学会编程，做程序员吗？""文科生竟然会修电脑！"在今天，只要你稍微知道点专业之外的常识，别人都会觉得惊讶万分，哪怕，有些只是最基本的东西。

学习苏联教育模式后，应试教育专注打造认知壁垒。让无数的理科生，埋头能飞速敲代码，抬头却不知道嵇康和阮籍；而文科生，能大谈浪漫主义和狂飙突进运动，却连电脑 C 盘和 D 盘的区别都不知道。教育制度说，你们只要管分数。大学老师说，学好专业知识就够了。工作岗位说，干好本职工作就行。社会成功学泛滥的时代，多学一点知识，都要思考三秒钟：有没有用？而其他的，就像卡夫卡的《城堡》，永远无法抵达。

很多时候，我们的优越感来得花样百出。看美剧的瞧不上看韩剧的，看剧能看出优越感。看外国的瞧不上看本土的，读书也能读出优越感。吃日本料理的瞧不上撸串的，吃东西也能吃出优越感。旅游的瞧不上宅在家的，你出趟门都能孵出优越感。**你们都能上天了！地球这座小庙，纳不了您这座大佛。**

你点蜡烛爱国的时候，
只是感动了自己

得知九寨沟地震时，我们都很心痛。但是，有个小朋友给我发消息，质疑我："九寨沟都地震了，你怎么不发微博？！一点都不关心国家大事。"

我愣了两秒钟，才在心底给出解释：我原本就不怎么用微博啊，最近一条微博，还是一个月前的。

登上账号，才发现被骂的何止我一个人，有的人都被骂上热搜了，可见程度之猛烈，比如："地震当前，谁还看电影？""都地震了，还搞绯闻！"至于，那些把人家祖宗也招呼一遍的，多如牛毛。肖邦说，当一个人想反驳对方的意见时，最简单的方法就是拉高嗓门。如果是在互联网上，拉高嗓门的同义词，就是扣上一顶大帽子。

然而，荒唐的是，事后，没有人站出来，为自己的胡说乱骂道歉。难道，以爱国之名，就可以肆意谩骂吗？扛着爱国大旗，就不必负责任了吗？

《武林外传》第一集，郭芙蓉一心想当个行侠仗义的女侠，她看到一女子结婚前哭鼻子，就以为是被迫结婚，上去就把新郎暴揍了一顿。但真实情况是，姑娘好不容易找到一个结婚对象，是激动得哭了。经过郭芙蓉一搅和，新郎官也丢了，姑娘眼睛都快哭瞎了。

郭芙蓉又看到一个船夫，拉了一帮要过河的乘客，船夫竟然不收钱，一定是强盗！郭芙蓉为了替天行道，把船给凿沉了。真实情况呢，船夫就是心地善良，每天下班后，免费载大家过河。从此之后，再想过河，就要绕几十里的远路。

现在网上的一些人，就跟郭芙蓉一样，看到的只是表象，但因为忙着行侠仗义，竟忘记了寻找真相。

我知道，在某些人眼里，态度比行动更重要。哪怕他刚刚在看虐猫视频，回头转发一条地震微博，再加上三根蜡烛的表情包，他就能义正辞严地向大家表明：在我心中，充满了善意和爱。

我大学室友就是这样的人。她最常挂在嘴边的话，是"我们要保护小动物""花花草草不能踩的""地球多可爱啊"……俨然是一个地球卫士。地球熄灯一小时那天，她从早上就开始念叨，好像谁不关灯，她就要跟谁绝交。然而，晚上整栋楼的灯，几乎都熄灭了，只有我们宿舍的灯，傲然而倔强地亮着。地球卫士说，她要赶作业。

此后，她再讲爱护地球那一套，我都偷偷翻白眼。为了拍照，摘下彼岸花的是她；水龙头一直开着的也是她。永远要警惕那些把口号挂在嘴边的人。

朋友圈和微博，早已沦为作秀大本营。前几天，在星巴克，遇到了两个姑娘，她们买了两杯咖啡后，站在星巴克门口，不时扭腰歪头，整整自拍了半个小时。她们花半小时自拍，再花半小时挑图，再花半小时修图，最终完成朋友圈发图大戏。有人装小资，有人装文艺，有人装爱国……只要网上能说话的地方，之于他们，就是一个精心打扮的礼盒，不管实际上多么空虚、刻薄、狭隘、肤浅，只要把礼盒包装得好了，就会由衷地产生满足和骄傲。

只要碰到作家去世，朋友圈里就更热闹了，有些人平时碰书就像碰刺猬一样，三年没进过书店，连作家是男是女都搞不清楚，也要跟风悼念一下。点几支蜡烛，打上一句"走好，愿天堂没有……"或者复制一段也许是他说过的话，就完成了整个表演流程。

我始终觉得，对一个作家最好的悼念，绝不是这样。这种行为，艾柯老早就讽刺过了，而且他还说，只要作家一去世，出版界就会像饿狼一样，扑向这个作家的作品、遗稿、日记、信件。为了防止自己的隐私被暴露，他还打趣说，应该提前准备好一本假日记。

最好的悼念，是走进他的书里，但不是隐私里，去触碰他在字里行间留下的思考，这是他生命得以延续的最有温度的一条路。别去朋友圈跟风了，还给国家节约一点发电成本。

免费又便捷的善良，像一场瘟疫，很容易在人群中扩散开。让我印象最深刻的，是罗一笑事件。当天早上一起床，它就在手里炸开了，几乎身边的人都在转发，因为转发就会自动捐一块钱，又不用掏自己腰包，还能显示自己有多善良，顺手的事，何乐而不为呢？事后证明，这不过是利用善意策划的骗局。事后，我不怀好意地想过，假设人们每次转发时，要从自己钱包里，自动扣一块钱呢？那么，这份漫天翻涌的慈善，又会缩水多少？

有个九寨沟的工作人员，就很直接了当地表了态："那些真正的关心，我非常感谢。那些批量不走心的蜡烛和祝福，呵呵。"明白了吧，你点蜡烛爱国的样子，只是感动了自己。当你携带着道德棍棒，挨家挨户地去检查，谁没有发微博，谁没有表示沉痛，你敢不敢扪心自问一句：你又愿意花多少钱，去实质性地帮忙？如果前线需要支援，你敢在报名表上签下自己的名字吗？

2008 年，汶川地震的时候，我还在读高中。当时的班长，是个黑不溜秋的低调男生。地震消息传来的第二天，他立马买了帐篷，捐到灾区。

而你那种，免费的，兀自在屏幕里晃动的蜡烛，除了感动自己，还有别的作用吗？有什么值得骄傲的呢？

有个读者跟我说，他最讨厌开朗的人设。好像在自我介绍时，不加上一句"性格开朗，喜欢交朋友"，就意味着木讷、孤僻、不会跟别人沟通、情商低，像一头随时会被挤到拐角的弱兽。

你性格不外向，那就是情商低；不发一次蜡烛，就是不爱国；你不留下来加班，就是工作不努力……**贴标签，是一条捷径，也是一种自保。直接把一个丰满的人，降维打击，贬低为某一种阴暗的特性，就能把他从人群中摘除出去，好像在宣示，作为一个正常人，不会如此。这是相当荒谬的。**

另外，有一种感情，叫内敛的热烈。就像《倚天屠龙记》中的俞莲舟，他五师弟自刎了，他不会发朋友圈哭悼。他听到张无忌坠崖而死，他不会见到人就悲伤。他看起来不悲不喜，却是最重感情的那一个。

如果，连这一点都理解不了，连情感表达都要制定一套标准，要求别人执行，那么，他的内心，一定住了位暴君。

所谓的教养，就是不要对别人的日子指手画脚，最起码，当别人没问你意见时，不要主动跑到别人家门口，堵着门，叉着腰，把人家大骂一通。他没拿水泼你，没踹上你两脚，都算是慈善家了。

在我心里，最好的爱国，是先爱自己。有些人，整天浑浑噩噩，为了打游戏，一个星期不出宿舍，把自己搞得臭烘烘，颓废到了极点。你转发说，悼念生命的逝去。可是你那完全不值得书写的生命，值得度过吗？

灾难让人痛惜，也让人更清晰：谁都不知道下一秒会发生什么，那么请善待你的这一秒。去发现自己的兴趣，去锻炼去旅行去学一项新技能，去把生命完成得像一本好书，刺激又丰满。

一屋不扫，何以扫天下？你连爱自己的能力都没有，拿什么来爱国家？那几根晃动在屏幕里的蜡烛吗？

丧心病狂，
唐僧肉到底该怎么吃？

在妖怪的世界里，一直有个未解之谜：唐僧肉到底怎么吃，比较合适？各个山头的妖怪们，为此召开过数次头脑风暴大会，写过不低于1000份调研报告，经过他们坚持不懈的努力，最终还是没找到最佳烹饪方案。

对于妖怪，我们读者一直有个很大的误解，认为妖怪嘛，都是找个山头就住下了，应该都是大口吃肉，大碗喝酒，不讲卫生，张口骂脏话，大声打呼噜，整天一副等待被丐帮收编的破烂样，跟咱们文明人的世界有天壤之别。实际上，妖怪们比你健康多了，不像你们天天吃垃圾食品，他们最关心的话题，是养生。

在妖怪们的朋友圈里，他们疯狂转发、收藏的，不是鸡汤文，也不是明星的小道消息，而是关于唐僧的八卦。注意，唐僧在妖怪们的眼中，不是善良俊俏的和尚，而是一种养生补品。

于是，《内部消息！他是金蝉子转世，肉能长生不老》《震惊妖界！曾经他大闹天宫，如今护师取经》《唐僧，一个集美貌与美味于一身的和尚》《在吃唐僧的路上，我们要同舟共济，不转不是妖》等文章，都是曾经遍布在他们朋友圈里的爆款。

由于不愿认真修炼、想走捷径的妖怪太多，吃唐僧肉普遍被认为是最快的路，于是唐僧每周都会登上"妖博"热搜榜，妖界头条，成为无数妖怪的舔屏对象。虽然他自己对此一无所知。大大小小的妖怪，都勒紧了裤腰带，流着一米多长的口水，伸长了脖子，苦等唐僧来到自家地盘。

既然是消息，就会有来源。那么，到底是谁，传出了唐僧肉的秘密？第一次说出唐僧肉能长生不老的，是白骨精。"积年家人都讲，东土的唐和尚取大乘……有人吃他一块肉，长寿长生。"原来，白骨精也是从别处听到的，但如果是家人，或许并不可靠。我小时候，我妈也会跟我说，你这次只要考了第一名，就奖励你一个复读机，复读机也是当时的高科技呢。后来我青春期发胖，我妈跟我讲，你只要到了大学，就会瘦下来了。骗人的！都是骗人的！白骨精是不是因为怕死，所以就有人编了个善意的谎言：等你吃到唐僧的肉，你就能寿与天齐了。有人吃过吗？有人亲身证明过这件事吗？没有，白骨精也不是科学家，没有那么强烈的科普热情。何况，她只是个没后台的圈外人，这些话，可信度估计还不如网络八卦贴，随便听听就好。

但是，大鹏精什么出身啊？顶级大 boss 如来的爱宠。鲤鱼精是什么出身？跟菩萨混的。金角、银角什么出身啊？太上老君的员工。他们的情报，来源于最神秘的相关部门，知情人。连他们都出面证实了，唐僧肉的功效从此被打上了权威鉴定合格戳。

就算从始至终，没有一个妖怪能吃到哪怕一块唐僧肉，也没人怀疑这个传言的真实性。

不要觉得，妖怪窝跟男生宿舍一样，漫天的袜子臭味，进门就是十级恶劣空气警报，买回来的苹果，往衣服上蹭蹭就啃起来。

相比之下，很多妖怪都能算洁癖了。唐僧抓回来后，他们头一件事是做什么？"选剥了衣服，四马攒蹄，捆在后院里，着小妖打干净水刷洗。"对，扒光了，洗干净，放后院晾着。

你想想啊，唐僧这一路，风餐露宿，随便找个窝就睡。十天半月，才洗上一次澡。不先费力气洗洗，能下得去嘴吗？

接下来，就是怎么吃的事儿了。妖怪们的首选做法，是蒸，像蒸包子蒸鱼那样，烧一锅开水，放上个笼屉，把唐僧给蒸熟。肥胖儿童红孩儿，率先提出了这种吃法："要上笼蒸吃哩。"盘丝洞的蜘蛛精，也举手赞同："我们洗了澡，来蒸那胖和尚吃。"花皮豹子精，忍住肚子里的咕咕叫，也表示："搬柴烧水，把他蒸一蒸。"狮驼岭的妖怪们，野心有点大："把那四个和尚蒸熟。"

为什么是蒸着吃，能打败煎、炸、煮、炒、炖，成为妖怪们最心仪的方式呢？妖怪们也是有讲究的，在所有烹饪方法里，清蒸能最大程度保持食材的营养成分，是最健康的一种吃法。既然都是养生派，自然不喜欢涮火锅、撸串儿。既然清蒸鲳鱼、清蒸大闸蟹，都能吃到鲜嫩的肉，那么这肥肥美美的唐僧肉，肯定也入口即化吧。

当然，清蒸也要配料的嘛，"到五更天色将明，必然烂了，可安排下蒜泥盐醋，请我们起来，空心受用。"妖怪们才是真正的美食家，据说，甚至，连唐僧本人也认可这种吃法。

关于唐僧的吃法，豹子精的手下员工，曾经专门召开过讨论会，大家嘴角挂着口水，踊跃发言。

有小妖说："碎劁碎剁。把些大料煎了，香喷喷的。"煎呢，外酥里嫩，香味能飘五米远，想想牛排、鱼，连煎鸡蛋、煎豆腐，都很好吃呀。犀牛精们也好这一口，而且他们打算"使酥合香油煎吃"。

也有的小妖，居家节省型的，提议说："煮了吃，还省柴。"据说，这个全心替公司考虑的小妖，已经被领导提名优秀员工。有些员工就是蔫坏，因为公司出经费，就大搞铺张浪费，煮个鸡蛋，也要砍一棵树来烧柴。甚至，有的小妖怪明明只花了 10 根柴，往上报的时候，就要说成 50 根，给自己弄 40 根回扣。领导被这个替公司节省的小妖，感动得泪流满面。

其实，孙悟空也中意煮着吃，他曾经嘲笑蜘蛛精蒸吃的想法："这怪物好没算计！煮还省些柴。"

另外有目光长远的，提议腌了慢慢吃。看《西游记》就会知道，妖怪们平时需要囤肉的，以防阴天下雨，不能外出找吃的。我也一样，节假日来临前，一定要专门跑一趟超市囤货。

这么多吃法里，大鹏精跟鲤鱼精，最讲究。一个连肉质的保护工作都要做好，不准小妖怪们敲锣打鼓，不能大喊大叫，怕吓到了唐僧。"唐僧禁不得恐吓，一吓就肉酸，不中吃了。"

而且，在吃法上，已经超越了单纯吃的层面，更加追求一种雅致的生活情调。"必须待天阴闲暇之时，拿他出来，整治整治，猜枚行令，细吹细打的吃方可。"唐僧肉不能当饭吃，要一边打打牌，喝点小酒，最好旁边还有人唱个小曲助助兴。这就到了另一个吃的境界、气氛。在妖怪们粗旷的外表下，原来还藏了一颗《红楼梦》玩家的心。

鲤鱼精也是，"把这和尚剖腹剜心，剥皮剐肉，一壁厢响动乐器，与贤妹共而食之。"就算生吃，也不能大快朵颐，要切成肉片，来点有情调的背景音乐，这音乐还不能当面演奏，要在旁边，只闻声不见人，最妙，最妙。后来，曹雪芹在写《红楼梦》时，有个远笛，要的也是这份意境之趣。大鹏精和鲤鱼精，都是见过大场面的，比其他妖怪更讲究一些，也是理所应当。

最近，朋友圈很鼓吹精致生活、仪式感之类的，好像只要整点生活仪式感，灵魂都散发出香气了。可是，妖怪对唐僧肉，很有仪式感了吧，洗洗涮涮，头脑风暴研究吃法，还打造了助兴环境，可最后怎么样了呢？不仅把到嘴的唐僧肉搞丢了，还把自己搞死的搞死，搞回原形的搞回原形。没有结果的仪式感，就是在浪费时间。

想跑步，就穿上鞋出门跑。别先上网买了一堆仪式回来，衣服、鞋子、计步器、装手机的挎兜、下载一堆跑步音乐，钱倒是花了不少，结果刚跑了两天，就放弃了。要那份仪式感，是留着取笑自己吗？

如果你是妖怪，你抓到唐僧后你选择怎么吃？换作我的话，什么都不管，见到这肥嫩嫩的小和尚，先上去咬一口再说。

PART3
废掉一个人，
给他贴标签就够了

朋友圈干净的人，
哪儿错了？

万万没想到，不爱发朋友圈，竟然也要被骂。一位博主唾沫星子如天女散花，四处飞溅，说什么"朋友圈越干净的男生，套路越深"。底下好多小女生评论，还扬言晚上要质问男朋友。我要有这种蠢货女友，早拜拜了。

以后交朋友，必须先弄清楚，他每天都在看些什么。垃圾食品会伤胃，垃圾文章也会损伤脑子。离喜欢被洗脑的人远一点，小心他散播臭气的时候，熏到自己。

说回到朋友圈，我就是那种一年不发朋友圈也无所谓的人。我一不干微商，二不是明星，完全没必要三天两头刷一波存在感，生怕被大家忘记。我这短暂的一生，愿意把所有对同类的热情，都浪费在家人、好友和喜欢的人身上，不太想去维持一些不远不近、不咸不淡的关系。而我所有的动态，都通过私聊的方式，告诉了我想告诉的人。有发朋友圈的时间，我可以给老爸买点他爱吃的水果，听老妈讲一会她年轻时的故事，或者和朋友斗斗嘴。

刚上大学的时候，还处在小女生情感多发季节，我特别喜欢在QQ空间写日志，正好宿舍有个同道中人，于是两个人每天像比赛似的，在黑夜铺满大地的时候，开一盏小台灯，噼里啪啦，在无病呻吟的状态下，保持每天一篇的高产。芝麻大点的小事，比如感冒了，食堂的宫保鸡丁卖完了，都会毫无顾忌地写上去，毫无顾忌让所有人看见。

那份表达欲，就像电影票上的字迹，在偶然有一天从包里翻出来时，发现早就消退了。不再愿意把心事摊开，送到所有人面前，因为我也渐渐明白，**朋友圈里给你点赞的人，未必真的替你开心，在评论里问你怎么了的人，当你遇到困难了，未必肯对你施以援手，大家的悲欢并不相通。**

所有表面的敷衍，在真正的事情面前，毫无意义。

有人不发朋友圈，纯粹是因为不方便。虽然名字叫朋友圈，但这个圈里，并不是只有朋友才有通行证，还有刷亲情卡进来的，比如爸妈，比如一年只见一两次面的表舅和大表姐，以及上次找我帮忙挂号的大舅妈的姨姐的女儿。还有刷工作卡进来的，领导啊，同事啊，也不是很懂上班为什么一定要供出自己的微信，就不能单纯地去挣点钱吗？另外还有学妹卡、房东卡，还有偶然情况下加了微信，但从此也没有聊过天，并且以后也不会再聊天，但就是没有找时间删掉的一些僵尸卡。

这时候，想发一条能安全通关的朋友圈，需要租用福尔摩斯的脑细胞。爸妈看到会不会劝我别整天熬夜，早睡觉；男神看到会不会觉得我太粗俗；同事看到会不会认为我在炫耀；领导看到会不会觉得我不努力。本来只是想发个笑话，思前想后，还是留着自己偷乐吧。

老东家的领导，就见不得别人发朋友圈。有次周末，同事出去旅游，发了张喝酒的自拍，配了句"诗和远方"，这不是很正常吗？结果，领导整整念叨了一星期。开会时，动不动就调侃那哥们："很闲啊，还诗和远方，下次多来加点班吧。"他虽然笑着说出来，假装自己是在开玩笑，但我们每个人，都做对了这道听力题，他就是看你玩高兴了，他不高兴。

刚开始的时候，我们还会屏蔽领导，来发一些自己的生活动态，等到时间久了，也就懒得发什么了。最讨厌有些领导打着和你做朋友的名义，来刺探敌情了，抓你的小辫子了。

虽然手机现在已经进化成了器官之一，但我还是建议，如果你不依靠互联网平台吃饭，不在网上卖东西，不在网上写文章，还是要适当地跟手机断离舍。如今，网上的信息虽然多，很多信息提供者，心眼贼着呢，他们看穿了人的弱点，明白你会关注跟自身有关的东西，于是就专门提供这些东西给你。虽然每天接触很多信息，但兜来转去，还是在一个信息旋涡里。时间久了，你还真以为全世界都以你为中心呢。

我不愿意在网上浪费自己太多的精力，尤其是今年，我把更多的时间留给了自己。以前我是植物杀手，养什么死什么，但今年多看了些指南，每天勤快地换水、喷水，竟然也能养出了一屋的绿意油油。练瑜伽、跑步、看书、学吉他……当你把自己从网上拖回现实里，就真的会在一天又一天的过程里，看到自己的变化和收获。

前同事辞职后，报了前端设计师的培训课，还自己学剪视频，偶尔给我发她剪的新片子。她的朋友圈，也是稀稀拉拉，一个月两三次，基本上是自己去哪玩的照片。

我们如何打发时间，时间都会反馈给我们。有人总是跟我抱怨，没有时间读书啊，问我哪来的时间看书看电影，怎么还有时间写书评，我只不过是把你自拍修图发朋友圈刷微博刷抖音的时间，拿来看书了。

豆哥说，他不愿意发朋友圈，是因为害怕被别人发现，自己的生活原来如此贫乏。一日三餐，几乎都在公司食堂里解决的，这有什么好发的呢？因为在攒钱买房子，他已经两年没去旅游过了，日子寡淡如水。"这样无趣的日子，我自己知道就好了，何必跑到所有人面前，自取其辱呢？"

我们希望发在朋友圈的，是值得别人驻足一看的东西，但并不是每个人都能拥有这样的生活。能过上一个三五不时展示给别人看的日子，是幸运的。至于我们这些没什么精彩内容呈现的人，就让我们做个会点赞的观众吧。

其实，发不发朋友圈，原本就是个人自由，干别人屁事？可是，很多人不愿看到不同，总是对异见口诛笔伐，他们喜欢用这样的句式："一定……不然……"

大学一定要谈场恋爱，不然会丧失爱的能力。上班一定要学会喝酒，不然没法跟同事打成一片。30岁前一定要去西藏，不然人生不完整。**正常人一定会发朋友圈，不然就有猫腻。毫无逻辑的胡说八道，却险恶地加上了恐吓。**因为谁也不想成为后半句那样的人，大家便误以为前半句是真理。是不是，以后还会有人写：走路先迈左脚的人，套路比较深？

有些小女生的智商，在互联网泥沙俱下的消息里，如同船入乱海，很容易翻船，也很容易被吞噬。之前还真有人问我：大学不谈恋爱，是不是不正常？她说这句话的时候，都急哭了。**连这种妖言惑众的话都信，你们是蠢呢，是蠢呢，还是蠢呢？**

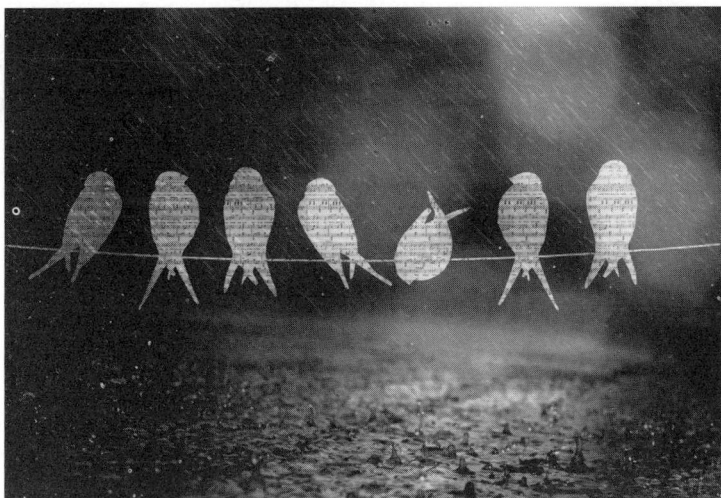

你努力合群的样子，

真的很孤独。

可我想说，

你坚持不合群的样子，

真的很性感。

你不喜欢我？真巧，
我也不喜欢你

逛商场，我有个恶趣味，喜欢听别人吵架，需要在大庭广众之下吵的架，一般都是很激烈的。前阵子，在一家专卖店门口，远观了一对小情侣争吵，女生哭得梨花带雨、我见犹怜，男生却完全不吃这一套，只是站在边上，不递纸巾，不上去安慰，反而吼出了憋了很久的委屈：每次都是我迁就你，我也很累的。

心理学上，有个专业名词叫讨好型人格，这个男生在为人处世中是不是处处讨好别人，我们不得而知。但在这段爱情里，他似乎一直在让步，在求和。虽然我恋爱经验不多，但是我看过的感情故事也不少，可以想象，大概就是两个人要去哪玩，女生想去逛街，男生想在家玩游戏，男生妥协，跟着跑出来逛街。两个人闹了别扭，总有人要先主动示好，男生负责道歉……谈个恋爱，巴巴地对你好，其实也想被关心，也想被体贴，也想在下雨时，会有人问一句："带伞没？去接你啊！"而不是只能指望"十块钱一把"的卖伞大妈。

一段感情，从一方想要讨好开始，就变得不平等。你害怕失去，你赌不起，于是你不敢生气，你不敢提要求，任由对方为所欲为。就像我一个讨好型朋友说，"对方皱一下眉毛，对我来说，就是天打雷劈。"

走进任何一个讨好者心里，都会捡到一个过度敏感和脆弱的小孩。《奇迹男孩》里，奥吉很让人感动，他从出生起，做过27次手术，才得以活命。而死神的交换条件，就是他的脸上，遍布着手术刀走过的痕迹。有人骂他是怪物，他害怕见人，整天躲在宇航员头盔里。

让人欣慰的是，他挺过来了。他是个让别人抄试卷的学霸，开姐姐玩笑，对妈妈表达情绪。当别人像看怪物一样看他时，他还会幻想，自己是个宇航员，被所有人夹道欢迎，握手、鼓掌、叫好。他的勇敢不是天生的，是爸爸妈妈和姐姐，一点一点，辛苦栽种起来的。

但是，他的小伙伴就完全相反，为了能跟班上的富家子弟打成一片，他违心地跟他们一起吃饭，为了取悦他们，不惜取笑奥吉，甚至说：如果我长成那副样子，我会自杀。他知道这样说，土豪同学会开心。情商高的人取悦别人，会有成就感。讨好型的人取悦别人，会有安全感。当他意识到，他其实非常在乎奥吉，奥吉才是他想要成为的人，有钱的同学再次取笑奥吉时，他宁愿冒着被开除的风险，也要痛揍他们。你不喜欢我？真巧，我也不喜欢你。

我特别喜欢《老友记》里的菲比，对于曾经热衷于做老好人，把人缘当成奖杯的我，菲比就是踢爆我世界观的最酷的女生。第一集里，好朋友要装修房子，问她："菲比，你要来帮忙吗？"菲比毫不犹豫地回答："我倒希望能去帮忙，但我不想去。"

中国人喜欢留余地，喜欢互相成全彼此的体面。一般不轻易拒绝，既然没事，就去帮忙吧，大家都是朋友，给自己留条后路。就算拒绝，也很少直接拒绝，总要是找个托词，"我等会还有事""现在走不开"之类的。

八百年没联系的老同学，突然问你一声在吗，有 90% 的可能，是要找你借钱，要么甩过来一条链接，帮宝宝投票，要么是我要结婚了，通知你一下。你怎么办呢？尤其是对方的结婚通知，去是肯定不去的，但碍于老同学的情面，份子钱总要出的。哪怕，你们在这之后，仍旧当彼此像死了一样。就像朋友跟我吐槽的，"都通知了，不给会显得自己很小气，不讲情分。破财消灾了。"

或者你忙得焦头烂额时，就有那种喜欢麻烦别人的同事，让你帮他看一下文案行不行，帮他拿一下快递，帮他找个材料。刚进职场的新人，往往来者不拒，一方面要表现得友善热心，一方面也不敢拒绝，怕得罪了谁，对处好职场关系不利，或者在以后的工作里会碰钉子。最后吭哧吭哧地帮别人把事情搞完了，自己的工作还一团乱。你工作完不成要挨骂，还要加班继续做，这时候，那些堆着笑脸过来找你帮忙的人，正眼都不会瞧你一下。

我刚工作时，就有过惨痛教训。后来领导很认真地跟我讲，在公司里，除了领导给的任务，其他同事的麻烦都可以置之不理，你把自己的事情先做完做好，如果有时间，你可以选择性地帮帮忙，但别谁的忙都帮。他们只是在找软柿子捏，但只要你不给捏，他们也没资格拿你怎么样。考核你绩效的，决定你去留的，掌握你薪水的，是直属领导，只有把自己的工作完成好，你才有机会凸显自己。这是我学到的第一课，也是最值钱的一课。

敢于拒绝，是活的明白。既然我不有求于你，凭什么对你言听计从？凭什么要考虑那些虚无缥缈的情面问题？有这些时间，我宁愿做些自己喜欢的、有价值的事情。

菲比不喜欢莫妮卡的强迫症和洁癖，她就借机搬出去住；被最好的朋友背叛了，就果断绝交；不再喜欢男朋友了，她麻利地提分手。绝不拖泥带水、不藕断丝连、不犹豫不决。

她永远都是最忠于自己的人。而同时想分手的钱德勒，咖啡都喝了一桌子，连个"分"字的嘴形，都没憋出来。真恨不得爬进屏幕里，把咖啡泼他脸上。

当你真正充实了，爱谁谁，你都不会在乎。真正欣赏你的人，欣赏的是你骄傲的样子，而不是你故作谦卑、故作讨喜的样子。

《老友记》里，菲比之所以能直白地拒绝，因为她的朋友们不会计较。没有人会因为菲比今天不陪她逛街，就不喜欢她。也不会有人因为菲比没有去帮忙装修，就对她心存怨念。那些你一拒绝就走掉的朋友，原本也不是真朋友。

拒绝不等于冷漠，菲比会心疼那些老去的圣诞树，它们原本是节日里的宠儿，在年老色衰、枝叶枯黄后，就只有被搅碎的命运。她会替弟弟代孕，因为弟媳妇年龄比她妈妈还大，她愿意忍受怀胎十月的辛苦，以及孩子生下来却不属于自己的残忍，去帮弟弟实现愿望。

不喜欢是一种本能，而表达不喜欢是需要后天找回来的一项古老技能。小时候，我们对于这种表达，都是很擅长的，可是随着身边的规则越来越多，压力越来越大，它没有了立足之地，只好离家出走。

不喜欢一个人，没什么好羞耻的。 有的人太擅长自我反省了，他们不喜欢一个人，会在心里面反思：是不是我有什么问题，为什么大家都喜欢他，我不喜欢他呢？他们不喜欢一本书，也会暗暗去想：是不是我的欣赏水平不够，这本书评价这么高，为什么我就是不喜欢呢？社会可以包容万事万物，但我们都只是一个小小的人，我们没必要把自己的心脏，变成超级大容器，没必要喜欢每一本书，没必要喜欢每一个人，没必要喜欢每一位老师。

只是，我们的临界点在于，对于讨厌的人事物，如果对方没有招惹你，只是活在自己的世界里，没犯法，没越界，你也别去惹事。自己不喜欢就可以了，不用去别人的地盘上发泄。这是做人最基本的教养。

一个朋友跟我吐槽，周六本来打算睡个懒觉，却被领导电话吵醒，被喊去加班，开了半天"我们公司要在两年内上市"的画饼大会。她不敢拒绝，哪怕知道这是无意义的加班，她怕丢了工作。

最终，她还是辞职了，她终于意识到，公司想要招一个有能力的员工也很难的，她在新的公司备受赏识，周末也不会有人干扰。

辞职时，她没有像别人那样，敷衍地写"因为个人发展……申请辞职"，而是走进领导办公室，把之前的不爽全都抖了出来。她跟我们说，那一刻，她觉得自己像重获新生了。

看到一项科学报告，说讨好型人格得癌症的几率，要比其他人高。看吧，一味讨好别人，真是件会要命的事。

如果你也像曾经的我一样，被"拒绝了就不能做朋友""说真话会伤害别人""反正只是装好人，没必要把场面弄得难堪"，诸如此类的理由，压抑自己的情绪，不妨学学我，找一个偶像，就像我找到了菲比，每次靠近她一点点，最终找回那个离家出走的自己。

你不合群的样子，
看起来很性感

前几天，有个姑娘跟我抱怨："班上的女生太能来事儿了，表面上一团和气，背地里乱捅一气。不想合群，但没人说话，又很孤独。"

其实，那些合群的人，当热闹散场，也同样孤独。想靠一时的热闹，去解救恒久的孤独，实在太异想天开了。

不要一看到孤独，就吓得以 800 米冲刺的速度跑开，它绝对不是个怪物，也不是因为你是怪物才衍生出来的小怪物，它在每个人的生命中，都是存在的。

独处的时间，最能暴露出一个人生命的质量。刷微博、刷朋友圈、打几把游戏、思绪飘离地看几集电视剧，时间就会在不经意间滚得远远的。

总有人喜欢在每个月开始时，转发 8 月对我好一点，9 月对我好一点，时间从来不会对谁好一点，唯有你自己，把散落一地的时间捡起来，花在能丰富自己的事情上，每天练半小时瑜伽，身体会对你好一点；下班后看一些提高技能的书，工作会对你好一点；没事给爸妈打个电话，亲情会对你好一点。

有的人说害怕孤独，其实并不是害怕自己一个人，而是害怕身边的人成群结队，只有自己一个人落单。这时候，孤独感就会被无限放大，甚至会一遍遍质疑自己：我是不是错了？是不是该合群一点？

不合群有错吗？这是毋庸置疑的，当然没错。当我拒绝去同学聚会，我就是不想听你吹牛，几杯酒下肚后，就扯着嗓子瞎侃，明天公司就上市，后天要跟首富称兄道弟。大兄弟，醒醒酒。您那二手电动车，还在门口，召唤你回家呢。这种只在酒后谈梦想的群，我一点都不稀罕。

我也不愿意和有些人一起去 KTV。中年老男人最招人讨厌的一点，就是把当众说荤段子当幽默，一到灯光闪烁的 KTV 里，就立马扒掉人皮，露出猥琐、下流的一面。如果别人生气了，他们还会很不要脸地甩出来一句："真是开不起玩笑。"这种人前装人、人后耍浑的群，如果能合进去，我恐怕每天睡觉前，要大骂自己三百遍畜生。

合群，意味着什么？认同集体的价值观，哪怕大家说太阳是蓝色的，你也要跟着点头说，"对啊，blue ~ blue ~ 的。"保持判断力，首先就要警惕掉进集体里，那很容易陷入盲从。

《红楼梦》里，贾宝玉是最不合群的。所有人都认为女子无才便是德，他偏偏中意才高八斗的林黛玉；所有人都认同男尊女卑，他偏偏把男人贬成泥，把女人视若水；所有人都热衷"四书""五经"功名利禄，他偏偏拉着林黛玉看当时的禁书《西厢记》。当我们不合群时，真的不是性格孤僻，而是不认同你们的价值观，仅此而已。

网上流行过一句话：你努力合群的样子，真的很孤独。可我想说，你坚持不合群的样子，真的很性感。

我熟知你们的游戏规则，也看穿了你们每个人面具后的模样，只要随便说几句敷衍的话，就能假装和你们打成一片。我甚至连脑子都不用带出门，你们爱逛街，那便一起逛街；你们爱聚在一起讲别人的八卦，那便坐在边上听着；你们喜欢谈论房价和孩子，那就随口聊一聊。但我没有兴趣，宁愿走一条看起来更艰难的路，朝我自己的目标挺进。

作为一个超级话痨，不说话我会憋死，高中时，常常扎堆在八卦窝里，从香蕉有助排便，到校花跟隔壁那个有钱的丑货在一起了。闹腾得跟精神病院放大假似的。当时有一姑娘，是我们班的林黛玉。喜欢一个人去吃饭，一个人听歌，一个人看书。下雨时，所有人都奔回教室，她跑到楼下花园里淋雨。她的作文，永远是语文老师的最爱。

后来我才明白，有些人真的可以酷到没朋友。凡夫俗子，怎能入她法眼？**最难得的，是有合群的能力，也拥有不合群的勇气。**

很多作家就不合群，比如三毛，从小不喜欢跟同学打成一片。对她来说，最幸福的事情，不是扎堆在人群里，而是低头捡破烂，把破轮胎弄回家，搞成一个懒人沙发，成了客人们的宠儿，路边枯萎的野花也摘回家，做成一瓶诗意的风景。能在破烂中发现宝贝，也能在寻常中洞悉美好。

那些你以为合群的人，有时也只是你以为。文科班的小团体不用说了，简直就是风平浪静下的刀光剑影。上一秒跟你说"你最好了呢"，下一秒就在另外一个窝里，张大了嘴巴惊讶："啊，她怎么是那种人啊？"

站在一个群体之外时，有人会把它想象得特别和谐，其实圈子这玩意，远没有那么紧密。有些人，因为都喜欢看电影，就构成了小团伙，但聊电影之外，他们很少有共同话题。有些人，只是为了合群而伪装自己。当他安静下来时，就像摘掉了面具，如释重负。就像我的一个朋友，天生自来熟，换到一个新公司，不出一个星期，就能如鱼得水。但他一到周末，就会关机，让自己跟同事隔离。他说，周末才是整个人最放松的时候，去跟每个人搞好关系，很疲劳。

合群，是寻找合脚的鞋，而不是削足适履。有时候，我们会被意外抛进一个群体，比如宿舍，这可是全世界最容易产生友情和矛盾的地方。我一直不喜欢鼓吹要跟室友成为朋友的言论，室友，只是偶然被捆绑着一个屋檐底下的人，五湖四海，性格各异，兴趣爱好或者本性，都有天南海北的差别，为什么一定要成为朋友呢？互不打扰，安分地做上下铺，不行吗？有人为了合群，就一起打游戏、吃饭，一起把袜子堆两星期才洗，然后呢？

心理学上有种现象，叫"羊群效应"。随大流习惯了，就会丧失自己的判断，成为集体意志的奴隶。很多人的堕落，是从跟宿舍人混在一起开始的。挂科、不讲卫生、拖延症、出口下流，这些简直是大学宿舍的传染病。一旦试图合群，就很容易被感染。

我很佩服那些"管你们称兄道弟、我自有一片世界"的人。交朋友不是迎合，不是伪装，而是我坚定地走在这条路上，回头发现，好巧呀，你也在。

若是你身边就有一个不合群的人，不爱扎堆聊天，总是闷着头，看起来像木鱼脑袋一般，别急着去嘲笑他，他很可能在自己喜欢的群里相当吃得开。说不定周末参加了个暴走团，跟一群刚认识的同样热爱运动和旅行的人，打得火热。说不定在自己喜欢的作家群里，还是个被追捧的群主，能聊到半夜。

猪在猪群，牛在牛群，别随便看到个群，就一头钻进去，虚耗青春，你应该守住自己，等待同类。

如果合群，需要你向集体平庸低头，我强烈建议你拒绝。你读书，他们一脸酸腔：你好文艺哦。你买个 kindle，他们撇嘴：真能装。这样的人群，我选择保持距离。庄子说，"独与天地精神往来，而不敖倪于万物，不谴是非，以与世俗处。"我自蓑衣芒鞋，任行不惧，才是一个人闯荡江湖的最好资本。

《在细雨中呼喊》里，余华说，我不再装模作样地拥有很多朋友，而是回到了孤单之中，以真正的我开始了独自的生活。有时我也会因为寂寞而难以忍受空虚的折磨，但我宁愿以这样的方式来维护自己的自尊，也不愿以耻辱为代价去换取那种表面的朋友。

刻薄是一种乐观的
生活态度

乍一听《带着鲑鱼去旅行》，我以为是本游记，类似于妹尾河童的《边走边啃腌萝卜》，一边去寺庙、监狱，蹭腌萝卜吃，一边在日本到处晃悠。

谁知道，作者艾柯就是个大忽悠。这本书的名字，跟《乌克兰拖拉机简史》《禅与摩托车维修艺术》《河马被煮死在水槽里》一样，都是万恶的标题党。它就是一本全方位展示作者"不吐槽就会被憋死"的毒舌宣言，堪称吐槽界的独孤求败。

开篇，是鲑鱼的故事。作者太喜欢吃鲑鱼了，出差还要带上一条。到了酒店后，他立马把鲑鱼塞进冰箱里。冰箱里，原本有一些酒店为客人准备的饮料和食物，他就把它们全拿出来，扔到抽屉里了。然而，当他晚上回到酒店，正美滋滋地探视被关在冰箱里的鲑鱼时，却惊讶地发现，鲑鱼竟然不见了，冰箱再一次被酒店的饮料和食物填满了。自己的那条鲑鱼，正可怜兮兮地躺在桌上，委屈地臭掉了。死板！死板！太死板了！他忍无可忍，发了篇檄文，在自己的专栏里，指名道姓地把酒店挖苦了一顿，以此纪念那条没有完成鱼生使命的鲑鱼。

看印第安人题材的电影，他无法忍受蠢编剧的逻辑，于是写了一篇指导文章，详细地教印第安人如何快点死翘翘。

比如你们攻击马车时，别用长枪长矛，就在马车旁边转悠，这样的话，敌人才能更方便地瞄准你们，一枪把你们干掉。如果你们要拦马车，拜托别一窝蜂冲上去，这样马车夫会吓得赶紧停车，电影还拍什么呢？你们作为印第安人，就要向观众展示自己的独特性，别管时机对不对，都使劲儿地怪叫，像狼群那样，这样才能暴露你们的位置。对了，如果你们抓到了敌人，别忙着杀掉他，把他绑在柱子上，这样他的同类才能把他们救走。

不知道编剧看到这篇文章，会不会谢罪自杀。遇到蠢编剧，电影就会变成大型智障博览会。

每到节假日，全世界的编辑都迎来了狂欢日，他们会争相推荐书单，像《暑假必读书单》《读完这些书，寒假更有意义》。而且有些编辑，压根没读过书单里的书，乱写一气。一般我读到这种书单，撇撇嘴就关掉了，艾柯就比较有个性了，他会依样画葫芦，也写一篇暑期必读书单，来出一口恶气。

印象最深的是，他警告那些持欧洲铁路联票，正计划着要周游大陆的年轻人，由于火车非常拥挤，你很可能会被挤成沙丁鱼标本，或者被挤在走道上，身边都是臭汗味，"所以，要携带埃诺迪版精装六册的《赖麦锡欧游记》中的三本，旅行时手里拿一本，腋下夹一本，双腿之间还能放一本"。才能让你原本就烦躁不堪的旅途，成为刻骨铭心的灾难。

艾柯很少在文字中表现百分之百的怒火，他总是转动着眼球，把愤怒在手中把玩一圈，歪嘴一笑，转化成有趣的话题，或夸张的联想，让读者在哈哈大笑中，准确接收到他的意图。

酒店的咖啡壶，质量不好，很容易不小心就洒到床上。他并没有在服务员到来之后，跳着脚乱骂，讲一些诸如"你们酒店是怎么搞的？我要投诉""下次再也不来了，垃圾"的话以此显示出自己的愤怒。他只是写道：酒店真是用心良苦，来警醒那些懒惰的人，赖床有害健康。

因为作者的名字艾柯，英文还有回音的意思，编辑在头脑风暴时，有大约20个狗屁标题呈现在眼前，最后主编眼睛里小星星一闪，说：咦，那个艾柯，他的名字，不就是回音吗？不如我们就……他们觉得这个创意太赞了，于是作者看到关于他的书评的标题，大概是这样的：《艾柯的回音》《回音的回音》《回音的回音的回音》。当你为自己的所谓创意沾沾自喜时，请记得艾柯这段创意撞车事故。

诸如此类。如果意大利有《吐槽大会》，他绝对是最受欢迎的常驻嘉宾。把那些早已被大家习惯的小事，揪出不合理性，再用夸张搞笑的方式指出来。

艾柯就是典型的怀疑主义，越是平常到被淡忘，越是要问一句"why"。为什么一到节假日，编辑就要推"有意义的书单"？搞那些堆砌的书单，是嫌社会上的垃圾还不够多吗？

手表就是用来看时间的，为什么要费尽心思，搞无聊的发明创造，有显示气压、倒计时、汇率兑换系统、海洋深度等33种功能？他吐槽提供的信息太多，反而会让最有用的信息，淹没在废物堆里。我们现在又何尝不是处于这样的信息大爆炸中？

看他的书，就像打通任督二脉，眼明心静地看这个世界，原来有些我们习惯到骨子里的东西，充斥着荒诞、可笑。就算学不来他的有趣，至少也要拥有他的怀疑主义。

"刻薄是一种乐观的生活态度。"有个网友这么评论这本书。**生活原本就是一场即兴表演，谁都没有经验，谁都在摸索。**周星驰的生活里，有日复一日的跑龙套，有无边的贫穷，他吸收了这些苦难，咀嚼一阵，吐出一部部笑到抽筋的喜剧。鲁迅的时代，国家动荡、丑态百出，他行走其中，画出了《故事新编》里的幽默浮世绘。

和过分正经的人相比，我更愿意和毒舌的人交朋友。总是随时随地表现出一本正经的人，要么太无趣，要么太会装。明明可以互相开玩笑的场合，非要把谈话搞得像开研讨会。宿舍熄灯后，大家明明可以聊一些八卦、鬼故事，或者哪个老师又出了什么糗，有些人非要聊老师讲了哪些知识点。对不起，你热爱学习，我滚一边去。

刻薄，不是追着某个人，吹胡子瞪眼，而是在遇到不开心、不爽、不屑的事情时，能学着把自己从最直接的情绪里拽出来，站在旁观者的角度，像魔术师一样，把平淡化为有趣，把愤怒转化为段子，把压抑转化成平和。

去年，我在医院陪护，病房一个老人不能吃饭，插胃管，打流食，所有人气压都很低，沉浸在无边的悲伤里。老人的孙子来探望，看到老人鼻子里拖着长长的胃管，笑着说："爷爷长了大象鼻子！"就那一瞬间，好像低气压层终于碎了，老人的女儿们都喘了口气，笑了。不是放声大笑，而是明知前方苦长，也要让自己笑着面对。**有趣是有力量的。**

这本书，能稍微让你在高压生活里喘一口气，也会让你更明白，遇到困境时，换一换角度，刻薄一点、毒舌一点，也许就是最好的解压方式。

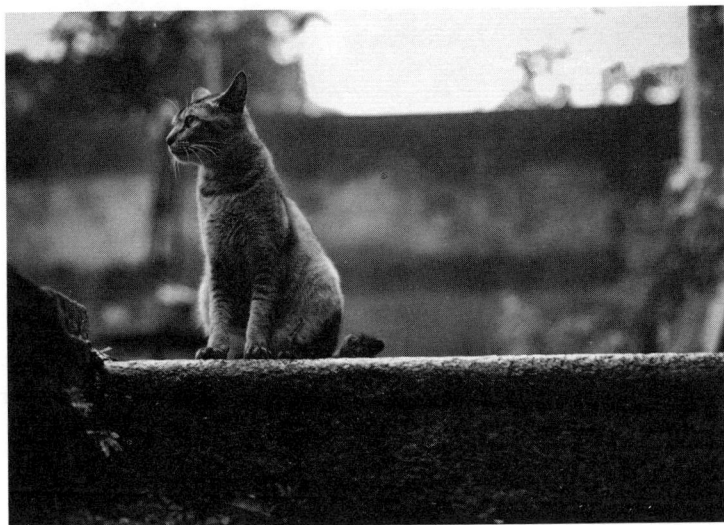

年轻时，

我们沉迷于皮囊。

但时光推移，

才会懂得：

好看的外表那么多，

有趣的灵魂多难得。

大号活累了，
就切换小号透透气

王菲的小号被扒出来了，她这朵外界眼中的高冷之花，暴露了有趣的本质。敷个黑面膜，调侃是"皮革质感美容保湿打劫面具"。据说，由于前往围观的游客太多，这个小号目前已经不对外开放了。原因也很好猜，一旦大家慕名而去，小号也就变得名存实亡了。

人在江湖飘，哪能没小号？如果作家圈要颁一个"小号狂人奖"，鲁迅绝对有资格被提名。按理说，注册新马甲并不是件容易的事儿，首先你要想名字，其次你还要切换马甲。有时候忘记换马甲，还会把自己苦苦隐藏的一面，一不小心暴露给大家，比如某些小姑娘用小号追星，却不小心把花痴的内容，用工作的账号发出来了。以正常人的智商和精力，有一两个马甲，也就够折腾的了。鲁迅竟然搞了180多个小号。

萨特曾说：我只有一个人，却要像攻城的军队一样前进。鲁迅吹一吹笔头，就做到了一个人活成一支队伍。巴人，是他发表《阿Q正传》时用的小号。这个小号，还成为当时的一桩悬疑案。因为阿Q这个人物，太有代表性了，导致很多读者看到了自己的影子，就怀疑是自己的仇人，故意写文章来报复自己。每天怀着害怕的心情看连载，生怕在下一章节，自己的名字就被暴露出来。于是，"这个巴人到底是谁啊"这个问题，成了很多人心中的一根刺。直到被拔出来，才能安心地阅读文章，哈哈，反正写的不是我，可以毫无负担地追更了。

除了巴人以外，阿二、史癖、白舌、儒牛、苇索、子明、白在宣……这些名字背后，全是鲁迅一个人，在挥洒笔墨，书写不恣。为啥要给自己搞这么多马甲？鲁迅难道是个精神分裂症患者吗？当时的环境，大家也清楚，审查非常严格，鲁迅的性格，又偏偏是往枪口上撞，很多时候，用大号不便说的话，就要切换小号打游击。

也有些人开小号，是为了干见不得人的勾当。这方面，《金瓶梅》的作者兰陵笑笑生最有发言权。他的大号，也许是个知名作家，经常开讲座，跟大家讲一讲怎么控制情绪，怎么做个更好的人；也可能是个在官场中打滚的人，也可能就是你家邻居老王，每天一本正经地聊天气。回到自己的小房间里，就搞出了这部尺度巨大的第一奇书。但是，由于他的保密工作做得太好了，至今，还没有人侦破隐藏在小号背后的家伙，到底是谁。作为一个忠实读者，我却只能迷恋一个空壳马甲，还有比这更糟心的事吗？

　　金庸也很喜欢帮自己的人物，弄个小号。比如《鹿鼎记》里的康熙，平时就是个听话的小皇帝，没事喜欢看看书，写写字，给鳌拜的朋友圈点个赞，一副人畜无害的样子。

　　但背地里，他有小号，叫小玄子。小玄子的朋友圈，才是他拿开听话面具后的真实模样，今天晒一张练习摔跤的肌肉照，明天用上百个感叹号大骂鳌拜是个不要脸的大混蛋，后天又发了张少年武装队的合影，配文字是"等待好消息"。不过，小玄子的朋友圈，只有韦小宝可见。要是鳌拜不经意溜达进来了，要惊讶到石化。

　　张无忌，明教教主，江湖大V。走到哪都自带聚光灯，粉丝组团接机，疯狂大喊"教主教主我爱你""教主，你是最帅的"。但是，也有敌对势力看他不爽，随时都想干掉这个碍眼的家伙。所有光环的背后，都是黑暗。于是，张无忌给自己注册了个新马甲，名叫曾阿牛，躲进小号里，他给自己开辟了一条退路。

　　有时候，小号还是性别歧视的妥协产品。《简·爱》出版时，夏洛蒂·勃朗特无法用真名发表，只好假托了一个男作者的笔名。不仅是她，她妹妹写《呼啸山庄》时，也同样是先取了一个男性化的笔名。当时的英国，女人没有地位，也没有发声和写作的权利，她们只是男人的附庸品。《哈利·波特》出版时，封面缩写的J.K.，也故意让读者误以为是男人。

一旦是女人，就会有杂音。一位女企业家说，她跟另外四位男性CEO出席论坛，记者采访他们，问的是："如何运营？如何融资？"但是，到了她这里，问题就变成了："您怎么兼顾事业与家庭？"

不过，有些人的小号就是小鬼夜行了。比如，之前有个姑娘找我帮忙，她一上来就问我，特别恨一个人，怎么报复他？原来，她交往了三个月的男朋友，实际上是个在老家结过婚的男人。她有次半夜给那个人打电话，不巧的是，对方老婆接的电话。她的初恋竟然是一个已婚骗子，这让她无法释怀。关于这个男人的微信，她说，是个小号，里面只有关于她的消息。在大号里装好男人，用小号兴风作浪。任何工具，握在恶徒手中，都是凶器。

不过，小号也正是凭借这种"全世界都找不到我"的魅力，征服了万千网民。没有熟人压力，没有道德压迫，在小号的宇宙里，你可以安心地让自己飞一会。没什么好顾虑的，可以骂老板是大傻子，可以讲自己暗恋的那个人，可以语无伦次，甚至大片的沉默。与其说是小号，它更像我们曾经的日记本。在被大量绑架的社交网络里，找一片小桃花源，安放不那么阳光积极的自己。

如果大号活累了，就切换小号透透气吧。我刚开始写公众号，就是心里闷了很多话，但是无人可说，就从《红楼梦》里弄了个笔名，安放这个偶尔耍流氓、偶尔腹黑、偶尔骂脏话、偶尔愤青、偶尔悲观的自己。

有天，我一个高中同学给我留言，还说出了我的名字，问是不是我，那一瞬间，我突然有种暴露的惊慌。因为现实中的我，也就是那个活在本名、活在大号里的我，是个说话慢悠悠、永远乖巧、永远热心、永远懂事、永远没脾气的女生。高中同学跟我说，不敢认，跟印象里差别比较大。有个小号透透气，大号才有点阴暗的快乐。

做个两面派，甚至多面派，没什么不好的。有一段时间，中国的文学作品里，被规定只能写高大全的人物，小说的主角必须正面，必须帅气，必须有极高的道德准则，浑身上下，哪怕用放大镜看，都不可以找到一个缺点。那些小说，如今只是成了了解一段历史的工具，且从文学角度来说，它们是残疾的。没有谁只有哪一个断面，只是一种标签，好的小说，都能写出丰满的人，有自己的光，也有自己的暗，这才是真实的人物，而是我们。

在很多时候，我都是个超级乐观的人，因为我明白，大家都活得很辛苦，每个人都有自己的疼，何必把自己的不开心，再抛给别人呢？我愿意在你面试前紧张的 20 分钟里，陪你说会话，我愿意在你喝醉酒哭的时候，跟你打打趣。那不是全部的我，但也是真的我。

有一次我收拾东西，翻到了以前的日记，发现里面写了挺多愤怒、害怕、纠结，但我回忆自己的生活时，反而没觉得有什么太难过的坎。有一个小号，有一本日记，有一个可以发泄你情绪的人，真的可以帮你更轻松地活下去。

写给总是挨骂的
年轻人

看到个问题："年轻人有哪些典型的幼稚病？"翻了一圈回答，很多人脸皮厚得能当床垫了，不知道自己衣服堆得几天没洗了，馊味是不是能杀死一只蟑螂了，却争抢着去做人生导师。就问问你们缺不缺镜子，真要是缺的话，就穿上鞋出门，去超市的日用品区照一照。

在这些优越感直冲天际的声音里，有两种，是存在明显错误的。

第一，把全人类的通病，说成是年轻人的幼稚病。比如有人说，"老是在别人背后说坏话，八卦得要死。"这就太高看年轻人了。像我，才小学三年级，就已经展示出自己八婆的一面了。当时，听说班上一个男同学和另一个女同学亲嘴了，哇，太刺激了，我立马又告诉了别的同学。事情败露后，老师让我们几个小八婆到走廊上罚站，并且中午不准回家吃饭。幸好，我妈思想觉悟比较高，给我送了饭。

自从上班后，我一直为自己的八卦热情退化而忧伤，感觉自己亵渎了一项天赋。尤其是上班后，看到公司里一群中年妇女，我更绝望了，就像河伯见到了北海，望洋兴叹啊，那种八卦能力，我这辈子都赶不上了。与其说是来上班，不如说是在聊八卦的间隙中，顺便把活给干了。她们知道谁谁谁是某局长的关系进来的，知道哪个领导私生活很混乱，知道哪个女同事有性病，她们的触角，能伸到公司的每一个工位上，翻翻拣拣，找出有用的八卦，互相分享。听她们聊了几次天，我深刻意识到自己太孤陋寡闻了。跟她们的八卦信息量相比，我根本就是个耳朵不好使的瞎子。

千万别说"八卦得要死"是年轻人的幼稚病，这对你们中老年人太不公平，毕竟，这个奖杯也属于你们。

还有人提名，"嘴上说学习，但整天就知道玩手机""虚荣又懒惰""老以为自己是对的，听不进别人的意见""别人对你好，就以为理所当然"。都对，但这些毛病，真是年轻人的幼稚病吗？它们明明是自从每个人一出生就存在的天性，这些缺点，每天虎视眈眈每个年龄段的人只要稍不注意，都有可能被懒惰、自大、自私给吞没。你不能自己一身骚了，还嫌别人有味。

第二，有些只是年轻人的共性，却被写在了病历本上。像什么"太自我。不考虑别人的感受""想法片面""爱情大过天，失个恋要死要活"，拜托，年轻人是一点一点长大的，又不是从石头缝里直接就蹦出一个孔夫子。这是正常且必然的成长过程，婴儿饿了要喝奶，六七岁要换牙，13 岁时会盯着小男生犯花痴。都是正常得不能再正常的事情。

自我、片面、注重爱情，在年轻时，还不叫病。但如果只是长年纪，不长经历和顿悟，到了四五十岁，还觉得地球是围着自己转的，从来不会换角度思考问题，遇到个年轻小姑娘就瞒着老婆玩真爱那一套把戏，这些人才是真的病了。

在社会的染缸里，年轻人的真诚，倒成了他们容易被骗的原因。大学一个学妹，总把过来人的经验当成是真理。听人说要多参加社团，一口气报了五六个。整天跟着画海报、干苦力，结果，专业课一塌糊涂，找工作都发愁。学长学姐的高谈阔论部分含毒素，要有选择地听。

过来人瞄准了年轻人的没经验和小心，狠狠地开一枪，赚个盆满钵满。有个妹子，找了份实习，因为担心转正，没敢跟老板谈工资，就被当成免费劳动力，白干了一个月。公司还美名其曰，提供了学习机会。

明明是自己的事，却要扔给刚毕业的年轻人，自己刷论坛玩手机；明明涨工资没机会，还哄着说好好干活，下个月就加钱；明明是自己犯的错，却把没经验的后辈，拉来垫背。这样的过来人，不在少数。而那些原本比白纸还干净的嫩苗们，有多少人近墨者黑，跟着变成了老油条。

有一期《奇葩大会》，有个年轻人被骂惨了。他大学期间，积极减肥健身，从200斤的大胖小子变成了身材匀称的帅小伙，而且很勤奋，在实习期四处奔波。这么个积极向上的少年，懒惰如我，远程致敬。

可"奇葩说"的公众号，愣是把他写成了一个开口闭口只认钱、着急上位、特别想红的大罪人，恨不得钉在耻辱柱上。作者还扒人家微博，把日常调侃自己穷，也当成"只认钱"的罪证。

这个时代，年轻人很急，因为整个社会都很急。逼着刚毕业的小伙子买房；逼着年轻人承认成王败寇。社会给年轻人的压力，前所未有的沉重。作者把小伙子狠狠批了一通，甚至拉黛西做比较，《了不起的盖茨比》中，一个虚荣的女人。

但他忘记了，这本书的开头，菲茨杰拉德就写道："每逢你想要批评任何人的时候，你要记住，这个世界上所有的人，并不是个个都有过你拥有的那些优越条件。"

毕业几年后，你会发现，身边充斥着许多，整天就知道讨论哪个女同事漂亮，下班就打游戏吹牛×，在聚餐时故意逼女同事喝酒的中年人。他们相当自以为是，对别人的意见充耳不闻，谁敢有一句质疑，就会演变成不给他面子，上升为敌我矛盾。

昨天，前设计师同事发了条朋友圈："如果有一天，我沦陷成一个爱套模板的设计师，以及一个被人操控的作图工，那我也不想再做这行了。"如果有一天，他变成了那样的人，就是被"成熟"的过来人逼的。

骂人是一种本领，但乱骂是一种病。现在窝在网上，好像一副什么都活明白的神仙模样，对年轻人指指点点，有很多是"八〇后"。在你们年轻的时候，不是也有人指着你们的鼻子，说这一代人垮掉了，这一代很糟糕。你们当时很生气，现在不也真的活得不怎么样吗？一把岁数了，又做着自己年轻时最讨厌的事，抄起家伙来，骂下一拨年轻人。

年轻人与过来人的博弈，常陷入恶性循环。年轻人的想法，总被过来人否决，逐渐让他们害怕尝试；年轻人干劲满满，却总被过来人踩碎，他们开始习惯混日子；而许多年轻的梦想，甚至要藏起来，因为过来人超爱做的一件事，就是嘲讽别人的目标。

我极度讨厌这种过来人，而我做的所有努力，就是为了不成为他们，不必听他们瞎叨叨。

现代人的崩溃，
是默不作声的崩溃

又有人抑郁症自杀了。才 27 岁，一个男团成员。去世前几天，他刚开完个人演唱会，在如常完成自己行程安排的同时，却早已在无人的角落，独自准备好遗书，独自跟生命签下了走进结局的和解协议。

遗书中有这样一句话："我从里面开始出了故障，一点点啃噬着我的抑郁，最终将我吞噬。"皮囊如旧，魂已枯干。就像买回来的柚子，放上一个星期，外表仍然新鲜，可当你兴冲冲地掰开，却发现里面早就已经干掉了。皮虽然没怎么样，但水分无声无息地蒸发了。

网上有段话：现代人的崩溃，是一种默不作声的崩溃。看起来很正常，会说笑，会打闹，会社交，表面平静，实际上心里的糟心事已经积累到一定程度了。不会摔门、砸东西，不会流眼泪，或歇斯底里。但可能，某一秒就积累到极致恶，也不说话，也不真的崩溃，也不太想活，也不敢去死。

这个时代，每个人都习惯了伪装强大，整天嘻嘻哈哈，不喜欢给人添麻烦，不想变成被社会唾弃的失败者。像我这种习惯了孤独，对人群过敏的异类，每次走进书店，看到书架上摆满了如何做一个情商高的人，如何快速走上人生巅峰，都一头虚汗，好像要被魁梧大汉绑上刑场，吓得要赶紧躲开。在拼命往前冲的路上，有多少人吞进去辛苦和压抑，却挤出没心没肺式的笑脸，甚至忘记了，自己也会累的。

有些人，嬉皮笑脸地嘴上说：这日子没劲儿，活不下去了。其实他们心里，就是这么想的。

看了《丈夫得了抑郁症》，一边压抑着，一边温暖着。电影的第一个镜头，导演给了一只绿色的蜥蜴，冷冰冰的小动物。第一句台词，是男主公对着正在啃青菜的蜥蜴说的，"食欲真好，羡慕啊"。

表面上，他跟往常一样，正常地起床做早餐，正常地根据日期更换自己的领带，正常地出门坐地铁，正常地坐在工位上干活，什么都没问题。实际上，他早就不正常了，他开始没胃口，吃东西已经挑不起他的幸福感；他开始对着垃圾桶发呆，对躺在里面的那些没用的垃圾惺惺相惜；他开始莫名其妙地腰疼背疼，浑身上下不舒服；他开始对夫妻之间的生活失去兴趣。

他一如往常的皮囊下，抑郁症像一条贪吃且不眠不休的虫子，正疯狂地吞食他的食欲、热情、希望，他每天一睁开双眼，仍然照样漆黑无边。

我陪朋友去医院时，听到了一句话："你怎么好好的就抑郁了呢？"很多人以为，抑郁是火山喷发，或者六月的暴雨，是突然就杀到了跟前的。其实，他们自己清楚，什么时候开始，就有些小小的不对劲了，却不敢表现出来，于是调动了所有的精神，去假装自己好好的。

电影里，还有个小细节，男主去看病时，遇到了另外一个抑郁症患者，突然手机铃声响了，两个人立马绷直了背，如临大敌。他们说："手机这东西，总是突然铃声大作，很恐怖啊。"

在他们内心深处，连手机响这种小事，都成了恐怖袭击。其实不光抑郁症患者，我有段时间也是，一听到手机响，就莫名紧张，如果是陌生号码，我简直想直接关机。有过很多次，我就看着手机在离我10厘米不到的地方，一直响，一直响，直到铃声结束，屏幕变暗，才安下心。

刘瑜有篇文章，标题是"一个人要像一支队伍"。可是，我这支队伍里，一半的士兵，拿着长矛，按照标准，往前冲击。另一半士兵，却丢盔卸甲，吓得要死。

看到有网友说，某家长在群里抱怨："我儿子都考上清华了，怎么抑郁了呢？你们这些人，这么年轻，都不想想自己的父母吗？"说得好像儿子是故意生病一样。生病，是能选择的事吗？

对抑郁症病人来说，最糟心的莫过于："没人觉得我病了，他们只是觉得我想太多了。"

电影里，老板觉得他扛不住压力，太脆弱了，岳母觉得他没责任心，身为一个丈夫竟然得这种病，哥哥去安慰他时，拼命说，要努力啊，要加油啊！所有的鼓励，非但没能赶走他身体里的虫子，反而更像搬起石头，一块一块地往他身上堆。他缩进被窝，抽泣着说："对不起，我没用。"

在什么事都喜欢诉诸简单粗暴的今天，试图让别人理解，比买爱马仕还要奢侈。你在荒原上，头顶着烈日，日复一日地跋涉，身后却听到各种声音，催你走快点，再走快点。只有你自己知道，你缺水，你渴了，你想休息。

或许是社会压力变大的必然恶果，这两年，听到的和见到的抑郁症患者越来越多。前段时间，我一个小学老师的儿子，自驾到上海，在车里自杀了，也是抑郁症。两位到了退休年龄的老人跑到上海，只见到冷冰冰的尸体。他被检查出抑郁症之后，爸妈一直引以为耻，觉得自己儿子怎么能因为心情不好，就把工作也丢了，整天在家，一事无成呢。

只有了解，才能帮助。男主查出抑郁症后，妻子让他立马辞职，回家安心休养，甚至威胁他说：你不辞职，那我们就离婚。晴天白日的，她陪他一起赖床，一起浪费时间。她用实际行动告诉他，无论你想做什么，我都不会带着世俗的眼光去评判你。你是自由的，并且是安全的。

当所有人都涌过来，攥紧了拳头，对着男主高喊着："要努力啊。要坚强啊。要笑啊。"只有他老婆，在他旁边，倔强又温暖地说："我不要努力啦！"那一刻，我被感动得稀里哗啦。

在你身边的人，真的很重要。有些人似乎很关心你，却总站在自己的立场上想问题，如果他没想明白，就会断定是你有问题。就像那句歌词唱的，白天不懂夜的黑。上学的时候，我们要做阅读理解，写在纸面上的人和语言，其实不难理解，而且有规律可循。生活里就不一样了，没说出口的话，没说出口的情绪，没说出口的压力，都需要你去用心体会的。

以前我不懂那些深夜电台有什么意思，后来才有些理解，不是每个人身边都有个能说秘密的人，宁愿找一个陌生人，毕竟，鉴于工作的需要，电台主持人一般都会表示理解，并说几句宽心的话。

珍惜你身边那些愿意听你发牢骚、愿意在深夜接你电话的人，他们原本可以转身就走的，却违背着人类自私的基因，冒犯着人不为己天诛地灭的信条，陪你掉眼泪，陪你骂人，陪你一起浪费时间，就是希望你能开心起来。虽然他们没有医生的从业证书，但说不定在撸串时，在手机上，在你们逛街的那个商场里，曾经悄悄地救过你的命。

如果真的透不过气，麻烦别再逼自己往前冲了，前方有可能就是万丈深渊。麻烦给自己放放假，去他的成功，去他的车子房子，去他的爱情，我先歇一歇。比起光鲜亮丽的成功，我更希望自己每天一起床，都有个好胃口。

我不是不秒回，
我就是不想回

总会有人找我咨询感情问题，你们真是太抬举我了。我的爱情经验贫瘠得吓人，在前 20 多年里甚至颗粒无收。大家总有个错觉，会写几个字的人，就能当爱情导师、职业导师、人生导师，遇到什么问题，就可以去找一个答案，根本不是这样的。

就像我，我对爱情的认知就相当肤浅，概括起来，一共就三句话：喜欢不要等，不爱不要撩，离开不要留。仅此而已。

有的读者非要在大半夜，对着我数花瓣，他到底喜不喜欢我，发来了一件他对自己好的事情，说：他喜欢我的吧？我还没来得及回，又发来一件他对自己若即若离的事，说：他是不是不喜欢我？我不忍心在大半夜递刀子，但更不愿意撒谎，于是很诚实地说了我作为旁观者的判断，他不喜欢你，仅供参考。然后，我就被拉黑了。一点都不意外。

像我这种野生的情感博主，就不配伺候花季少男少女。

还有个读者，给她取个昵称，王小花，跟我抱怨自己男朋友："我都是秒回他消息，可他隔好久才回我，他肯定不爱我。"让我说什么呢？请问你想让我说什么呢？我如果说，对啊，他不爱你，你赶紧跟他分手吧，王小花肯定气得想捶爆我的猪头。如果明知道对方爱你，那你就把心里的问题跟他讲出来，你不就知道他为什么没及时回你了吗？

王小花最新一条朋友圈，是一张图，图片上只有八个大字：秒回的人都是天使。只想说，这么给姑娘们洗脑的人，希望你们先去吃口屎。

首先，请放下屠刀，立地为人，尊重那些不秒回的家伙。在网上搜秒回，你会看到各种可笑的道德绑架。"一直觉得，秒回是最基本的素质。""不秒回的人，就是没热情、没诚意、没礼貌。""那些不秒回的，还不说一声的，就跟死了一样。"

也有很多情感类公众号，大肆宣称：我希望你在乎我，哪怕要求你秒回有点作，都是因为我爱你。拜托，都知道自己作了，能不能别再这么理所当然，难道在你硕大的脑瓜子里，就搜刮不到不作的爱人的方式了吗？

你在准备考研，背单词背得妈都快不认识了，好不容易喘口气，打开微信，女朋友跟你闹分手："这么久不回我，你一定是不爱我。"

你是不是想一口老血，直接喷女朋友身上？

你在赶一份下班前要搞定的策划案，手机扔哪儿，自己都快忘了。终于搞定了，朋友把你骂成了渣，"不回消息，没素质。"你会怎么想？

你去健身房，不方便随时看手机，刚掏出手机，被拉黑了。"不回消息，跟死了一样，要你有何用？"你是不是想要拿起刚刚的杠铃，甩到他身上？

其实，只要工作过的人，都很少会介意秒不秒回这件事。道理很简单，己所不欲，勿施于人。我们明白，对方可能在开会、在忙写报告、在应酬、在加班、在看电影、在医院……而那些事情，都远比掏出手机重要多了。我们要面对的，终究还是现实的生活，是活生生的世界里纷至沓来的任务、问题和享受，而不是被绑在一块手机屏幕前。

有的人很愤怒：哪有那么忙！不回我消息，却在朋友圈点赞，真是贱人。骂人很爽，常常会爽得忘带智商。我们太习惯在别人身上挑毛病，却忘了低下头，看看自己脏不脏。

看到一个妹子说："我总是秒回别人，但身边总是些不回我信息的人，对人生沮丧了。"我朋友圈里，也恰好有个我不愿意回消息的姑娘。因为，她每次都像刚从酱缸里爬出来，裹着一身臭烘烘的负能量。

聊天记录总是这样的："我又跟他吵架了，怎么办啊？""我们分手了，我好累，不想继续了。""我感觉他一点都不爱我，好烦啊！"

刚开始，我会肩负起好朋友的道义，陪她说话，听她的爱情小碎屑，开导她，安慰她。但你能想象，如果每次聊天，主题都是她和她男朋友的那些事吗？要不是我这个人有一点，哦不对，有很多点八卦，我可能都要报警，告诉警察有人骚扰我。

你们谈个破恋爱，何苦要虐我？有些人总把好朋友当垃圾桶，开口说话，就砸出一堆"好烦啊""怎么办""气死了"，而且完全哄不好，你们要记住：我们不是不想秒回，而是压根不想回。我也是有底线的人，绝不在负能量朋友面前当第二回人生导师。

我最生气的是，有次第二天有考试，而且是我很重视的手语考试，结果那天晚上，她一直在跟我聊她男朋友，他们又又又又吵架了，她又又又又又累了，他俩又又又又又闹分手了。她说得伤心极了，我只好安慰她，帮她一起骂那个臭男人，一直到半夜两点多。第二天，我顶着个熊猫眼，去考试。下午一刷手机，她们两个人去吃饭了！晒了合影，甜蜜幸福，好像昨天是我自己的一场梦。不得不承认，那个瞬间，我感觉自己像被出卖了一样。

所以，这就是另一个不秒回的原因，听多了你的抱怨，我有点麻木了。第一次看到信息时，我是担心的，生怕她受了什么刺激，或者感情真出了状况，看看能不能帮点小忙。再到后来，一次两次三次四次，反正你们也就是闹点小矛盾，反正你们早晚会和好，我还是先把自己的报告写好比较重要。想找知心姐姐调节调节情绪，换别人吧。真当我是免费的啊。

况且，我真的很讨厌那种"用到你时才想起你这个人"的所谓朋友，在他们眼里，你就是个工具，招之即来，挥之即去。从来没跟你分享一件开心的事情，出去吃饭也从没叫过你，更没想过送你一件礼物，等到自己有了牢骚，倒是一次也不把你落下。对这种人还次次秒回，那就是对自己人生最大的浪费。

不在意秒不秒回，有时候是信任彼此间的关系。喜欢一个人时，会三秒钟看一次手机，希望他的头像右上方，出现美丽可爱的小红点，那是他对你的心意。对方不秒回，你能脑补十万八千种"他不爱我"的剧情。闺蜜三小时都没回你呢，你知道她是没看见。就算你说了句晚安，她回你时，都第二天早上了，你也心无波澜，只想八卦，昨晚又去哪浪了？

如果你们关系到了份上，当面放屁，也不会不好意思，怎么会去计较他昨天微信有没有秒回。如果你们关系没到位，又有什么资格，要求别人秒回？

对于那位说"自己都秒回别人，但身边总有些不回我信息的人，对人生沮丧了"的姑娘，真不适合活着。人就是多种多样的，有人喜欢秒回，有人不太喜欢用微信，甚至有人就是不想搭理你，你要允许他们的存在，因为你不允许，他们也照样存在，而且活得好好的。

别用自己的标准去衡量别人，也别觉得自己秒回就感动天感动地了，你能做到秒回，也许和礼貌、教养无关，大概因为你还太闲。更别动不动就感慨人生，就……挺可笑的。

不知道什么时候起，我们总爱找衍生意义。比如，喜欢郭敬明的，都是脑残。我身边有喜欢看《小时代》的，但会烧菜、情商高、做事专注。

比如，发呵呵或者哦的，就是讽刺或不想聊了。long long ago，它是正常的微笑，只不过没有哈哈哈哈哈那么磅礴有力。后来，它有了寓意，变成了讽刺。当我想发个淑女般微笑时，除了傻瓜般的嘻嘻，就剩下粗犷的哈哈，真特么怀念单纯的呵呵。秒回也是。

它被情感博主翻炒了几下，变成最温暖的天使；它被少女咀嚼了一番，变成了"你在乎我"的表现；它被愤怒者振臂挥舞几次，变成了最基本的素质。

其实，秒回不过是三种情况：第一，我恰好在玩手机。第二，我真的超级在乎你。第三，我24小时与手机相伴，快闲出毛病来了。就这么简单。

那些苦苦等待别人秒回的人，放下手机吧。前方有微醺的风，冰箱里有沁脾的酒，哪怕只是走出家门，也能看到，花园的枫树上，开着粉嫩的小花。何必，吊死在一条未回复的微信上呢？

若对方不回，你再多的想象、揣摩、愤怒，都只是荒废自己的时间，而已。

我们与死亡，
欠一场对话

干了件傻事。有天晚上，喉咙突然有丝甜腻腻的，很不舒服，我吐了口唾沫，明亮的灯光下，唾沫里刺眼地盘着几条红血丝。鬼使神差地，就想到了卡夫卡，他就是半夜吐了口血，生病死掉的。好吧，我承认我脑子里的小剧场，有点过度发达了。

但那一刻，就是心灰、意冷，整个人掉进了一片无涯无边的黑洞里，一直往下沉，似乎要永远往下沉，脑子乱七八糟又异常清醒。我木然地坐回椅子上，回顾这浅短一生，倒也还算充实，对得起自己，对爹妈很孝顺，虽然有许多遗憾，但也只能遗憾下去。打算留份遗书，劝他们别难过。

当我怀着"老子命不久矣，跟灿烂世界就此别过"的悲伤心情，打电话给一位学医的朋友时，他的反应相当冷漠，仅仅回了我一句："最近换季，干燥，喉咙有血丝正常，喝点水就没事了。"挂电话之前，他还没人性地补刀："哈哈哈，没文化真可怕。"

讲这件事，是想告诉你们，到了秋天，多喝水真的非常重要。顺带着，我们再聊一聊，如何面对死亡。

最近看了《纳棺夫日记》，作者青木新门，职业纳棺夫。做什么呢？就是捡拾尸体，放入棺椁，调整好遗容，让后续的安葬仪式得以继续开展。这份整天与尸体接触的工作，很遭人嫌，家人亲戚都对此嗤之以鼻，但这份工作又是必不可少的。这种情况，就跟死亡本身一样，它是被嫌恶的，但又是必然存在的。

从出生那一刻起，每个人就在走向死亡，从无幸免。道理我们都懂，可就是不能好好地谈一谈这件事。为什么？因为死亡，代表着一切的终结。个人存在的终结、亲人维系的终结。多姿多彩的世界，从此与我无关，光是想想就无比忧伤。

可是，你不想，它就不存在了吗？它一直在那里，不离不弃，众生平等，谁都无可逃避。这是无可奈何的悲哀，也是我们之所以要直面死亡的原因。

关于爱情，你大概幻想过它的样子：一见钟情？相濡以沫？关于生活，我们也一直挣扎：更有品质？更多乐趣？可是，关于死亡，你有稍微停下来，设想过吗？有人说：你傻啊，谁没事想着死？其实，并不是想着死，而是想着如何与人生告别。

在我们的文化里，这部分是最缺失的。在欧美国家的教育里，死亡也是其中一个课题，教导孩子正视死亡。孔子不谈死亡鬼神，我们就一代一代地盲从着。很庆幸，爷爷曾跟我聊过，像一个朋友那样。他是个聪明又骄傲的人，他说，最好的死亡，是自然老去，不遭受病痛折磨，不躺在医院里，浑身上下都是仪器，不累及子女亲人。他希望自己能够走得体面而安静，最好，就是在睡梦中离开。

我们发现爷爷去世的时候，正是如此，被子都盖得很妥帖，一如熟睡。所以，就算每次想到他时，我都哭到眼睛肿，但我依然很安心，他以自己最满意的方式，走完了最后一程。

我其实是极其怕死的人，初中时看到一篇新闻说，50 年后医学就能让人长生不老，我当时就放下了心里的重担，准备接下来要使劲攒钱，争取买得起长生不老。人傻起来的时候，真的是没有底线。

我常常在心里构想死亡方式，想得多了，也就没那么可怕了，反而有一丝平和。与还能思考的自己告别，与仍将继续热闹的世界告别，与不虚此行的生命告别。生死相融，而不再像一对整天互瞪眼的敌人。

对了，如果老人想要跟你聊聊死亡，请不要拒绝他，不要推开他，说一些冠冕堂皇的敷衍，比如"你会长命百岁的"，或者"说这些干吗呢"。敞开心扉，扔掉那些束缚观念的铁丝网，像两个朋友那样，直面死亡，平等对话，你们会彼此释然。

死亡面前，所有人最害怕的一种方式，大概是在医院里变得冰冷。《奇葩说》辩题是：面对得了绝症的病人，要不要鼓励他撑下去？

我曾去探望过一个直肠癌晚期的病人。我以为，自己会说些安慰和鼓励的话。可刚到病床前，她的眼神就明确告诉我：别说。那个眼神很复杂，绝望、不甘、痛苦、骄傲、无助。她以前是个雷厉风行的女强人，天不怕地不怕。你想想，那么聪明的一个人，哪里会不清楚自己的情况？鼓励的话，我想她都听厌了、倦了、烦了。

特别同意蔡康永的一句话，他们只是病了，但智商还在。你那些干劲满满的鼓励，连自己都骗不了，何况聪明敏感的病人呢？你的好言安慰，可能只是增加了他的精神负担而已。坐下来，告诉对方，你愿意陪他走完最后一段路，这是对他的尊重和体贴。

剩下的，就留给对方，他需要思考生命，思考死亡。千万不要挤压别人的空间，请让对方保有面对死亡的尊严。设身处地地想，你是否也希望如此？

《最好的告别》这本书里，作者指出了现代医学系统里，经常对末期的病人做过度治疗。他说，因为不治之症而在监护室度过生命的最后日子，完全是一种错误。你躺在那里，戴着呼吸机，每一个器官都已停止运转，你的心智摇摆于谵妄之间，永远意识不到自己可能生前都无法离开这个暂借的、灯火通明的地方。大限到来之时，你没有机会说"再见""别难过""我很抱歉"或者"我爱你"。

如果已濒临死亡，他们往往是平静的。《纳棺夫日记》里提到的一位医生，查出癌细胞扩散到肺部。他已有准备，态度坦然。

回家的时候，他看到一片奇异的光，"狗、垂首的稻米、草丛、电话杆，甚至地上的卵石，样样都好像闪亮的……这一切一切，使我情不自禁，恭敬地合起双掌来"。或许，对于即将离开的人来说，死亡已可以接受。

不愿接受的，往往是撕心裂肺的生者。人与人的关系，其实有些自私。就像《红楼梦》里，贾宝玉被痛揍时，王夫人竭力劝阻，一声一声地哭喊：这唯一的儿子走了，我怎么办？她想到的终究是自己。有些人不接受亲人的死亡，也是因为自己。自己舍不得、自己离不开。可是对方，却已坦然完成旅途，我们又何必执着地不放手？大家都终究是独立的个体，等视每一份生命，不追赶、不绑架。

我们对死的恐惧，多来源于生的执念，以及心中那个"我"。你或许不止一次想过：死了之后，这个一直在思考的"我"将去哪里？是不是会陷入无边的虚空？这是生命的终极问题：我们从哪来？我们是什么？我们到哪里去？浅薄如我，也在寻找。初高中那会，我还一度认为自己会在老年信奉佛教，为了寻找面对死亡的勇气（别人青春期在谈恋爱，我想着要出家）。

有人说，濒临死亡的体验是，穿过一条又长又黑的通道，会发现自己到达一个光明的世界。作者也说，与死神殊死搏斗的关头，生死会骤然和解，我们会让死亡坦然进入深处。当生命逝去，油枯灯灭。我将与自己无关，与一切无关，这副身体也只是个空壳而已。

有哲人说，顿悟是从容地面对死亡。也有人说，真正的顿悟，是随时随地从容面对生活。私以为，二者并不矛盾，向死而生，向生而死。

苏联太空人瓦拉德米狄托夫有句话："望着地球一年以后，我渐渐发觉，它是个很脆弱、很可爱的东西。"很喜欢这句，从剥离的角度看，地球成了另一个样子。如果我们放下恐惧，再来审视死亡，它会不会也是另一番模样？

关于如何面对死亡，我们真的很需要讨论的勇气。希望在所有人都高声歌颂生命可贵的时候，我们能给自己多看死亡一眼的机会。

用美食对抗世界

每当我馋嘴的时候，就会想起苏轼。身为宋朝的公务员，他每天的生活，都特别忙。他要忙着去研究，樱桃到底熟了没。他还要忙着做茯苓饼，治羞死人的痔疮。他也要忙着抓野鸡、煎野鸡、写《野鸡怎么做才无敌好吃？》的帖子，毕竟，他还是宋朝粉丝最多、更新最快的第一美食博主。

别人看山水，是这样的：李白说，明月出天山，苍茫云海间。他看到了壮阔。孟浩然说，八月湖水平，涵虚混太清。他看到了仙气。白居易说，流到瓜洲古渡头，吴山点点愁。他看到了忧愁。

然而，到了苏轼这里，他舔舔嘴唇，咽咽口水，龙飞凤舞地写下一句：且餐山色饮湖光。吃货本色，到此已经完全暴露了，我推荐他去参加大胃王比赛，冠军绝对不会有第二个人。

张爱玲说："中国人好吃，是值得骄傲的，因为是一种最基本的艺术。"苏轼听了这句话，疯狂点头，并准备了一盘东坡肉，准备和张爱玲坐下来，一边吃肉喝酒，一边聊一聊——吃——这件人生最重要的大事。

有一天，苏轼发了个帖子，名叫"荔枝是世界上最好吃的东西，没有之一"。他激动地写道："似闻江鳐斫玉柱，更洗河豚烹腹腴。"荔枝的存在，就是让别的水果自取其辱！怎么会有这么完美的水果！无果能及，荔枝是海鲜中的河豚与蚌！是香水中的香奈儿！是跑车中的法拉利！我爱荔枝！

他不惜以前途来换取口腹之欲，大咧咧地告诉大家，只要能每天吃300颗荔枝，我愿意一辈子被贬在岭南。上一个说这种话的，是柳永。他在一首词里面写道："忍把浮名，换了浅斟低唱。"我宁愿把功名啊、官位啊，换成手里的一杯酒，耳边的一首歌。后来，这句话传到了皇帝耳朵里，果真就满足了他的愿望，很生气地说了句"既要浅斟低唱，何必在意虚名"。一不小心，就把柳永从高考录取榜单里，踢了出去。

当然，文人的这种话，听听就好了，如果真有个大官给他做，他肯定屁颠屁颠地收拾东西就回去了。

在苏轼心中，荔枝一直牢牢霸占着水果之王的宝座，直到有一天，他吃到了龙眼。当时，他住在廉州，得到了赦免流放的好消息，有机会回到政治中心了。廉州小住时，太守用当地的特产，也就是龙眼，招待他。

龙眼刚入口，苏轼的世界观就被颠覆了，他激动得连夜发了篇帖子，名叫"廉州龙眼质味殊绝可敌荔枝"，龙眼跟荔枝一样好吃呢，"累累似桃李，一一流膏乳"。而且，幸亏它长在这种荒凉的地方，才没被某个胖妃子惦记。

在那些飘摇动荡的日子里，苏轼的世界，是被美食点亮的。仕途一波三折，甚至第二天早上起来，又收到了被贬官的通知。唯有美食，不会辜负他。

深夜，他跟同样失眠的哥们，用牛粪烤山芋，闻着香味就啪嗒啪嗒掉口水。无事可做的时候，就拎着白鲈鱼和用艾叶做的青团饼，找同事喝个小酒。顺便瞅一瞅，桑葚、枇杷熟了没，站在树底下，流一地的哈喇子。木瓜在他眼里，也散发着可爱的光芒，"梅溪木瓜红胜颊"。他"煮豆作乳脂为酥"，吃到豆腐就爽歪歪。看到河豚，苏轼的胃伙同舌头，联盟向他发起申请，一定要尝一尝，否则就闹大罢工，于是他连可能会中毒都不管了，刺溜刺溜吃了个痛快，拿下当年"最佳吃货"奖。

苏轼专门写了句诗，来夸奖自己这种勇于探索、吃无止境的吃货精神，啊哈，"自笑平生为口忙"，我这一辈子，就为了口吃的，到处忙活了。

只是偶尔，夜深人静的时候，他也会望着头顶的星空，悄悄发几句牢骚，"风流可惜在蛮村"。有一身志向，却在官场中竹篮打水一场空，如今只能呆窝在这偏僻的地方，把满腹热情，浪费在美食上。天生我材必有用，可问题在于，根本就没人用。苏轼郁闷地啃了两口肉。

就像有些朋友，口口声声说喜欢宅在家里，靠刷剧和读书续命，他不喜欢坐大游艇吗？他不想去布拉格看日落吗？他不想去马尔代夫享受海风和日光吗？还不是因为一穷二白？只好把喜欢的向往的，藏着掖着，假装自己就是个颓废的人，假装只钟情于屁股底下的沙发。谁不想去看月亮，可惜没有六便士。

郁郁不得志，就笑着安慰自己平凡可贵；穷到哪都去不了，就假装自己不爱出门；喜欢的人得不到，就笑着和朋友打趣说，老子放纵不羁爱自由。长大就是学会收起自己的哭丧脸，用画笔画上一张嘴角上扬的笑脸，反正日子已经这样了，厚着脸皮往前走呗。

翻看他的《东坡志林》，和他留下的3000多首诗词，还有书信文章，你会发现，他热衷于探索美食时，大都是被贬的时候。发明羊蝎子，在惠州；发明东坡肉，在黄州；疯狂吃生蚝，在海南；爱上吃荔枝，也在惠州。真正忙起来，哪有闲功夫琢磨吃的？在郁郁不得志的时候，便用新鲜的事物，打发陈年的无聊。

有时候，他也会顾不得好不好吃，毕竟，流放在外，能风雨无阻地填饱肚皮，已经很难了。被搞到偏僻的地儿，"土人顿顿食薯芋，荐以薰鼠烧蝙蝠。旧闻蜜唧尝呕吐，稍近虾蟆缘习俗"。人家顿顿吃老鼠、蝙蝠、蛤蟆、粉唧唧的刚出窝的小老鼠，你哪怕吃了就吐，还要吃，不然就等着饿死。

一度，他的预算不够到处吃吃喝喝了，就以节食的名义来省钱，还美其名曰：养生。再后来，米涨价了，吃不起饭了，就打算跟儿子辟谷，也就是"吸初日光咽之"。

被逼到绝境，还咧着嘴笑。这个整天咧着嘴巴、卖弄风趣的美食博主，一掀开面具，是明朝不知何处的不安稳，是不知下一餐如何饱腹的困顿，是知世道弄人却不愿妥协的倔强。

好朋友受处分，被贬到河北，他笑着送别："迟其北还，则又春矣，当为我置酒、蟹、山药、桃杏，是时当复从公饮也。"等你明天春天回来，一定要请我吃好吃的啊！我要吃大闸蟹，喝最醇最烈的酒，我要涮火锅，我还要最新上市的桃杏，到时候我们喝个痛快！吃个痛快！本来忧伤的分离，顿时变得色香味俱全。

用口水和笑声，来取代眼泪，是苏轼的拿手好戏。人生起起落落，多少当时以为迈不过去的坎，最终还是挺过来了，多少觉得放不下的人，最终也能云淡风轻地提起了。如果还有力气笑，我就不会让自己哭。

美食，是苏轼的安全区。哪怕外面已经战火连天，哪怕一颗心早已疲惫不堪，一埋头在食物里，就觉得日子还过得去。

活着没那么容易，怀揣着梦想，却在现实的奔走中，处处碰壁。给自己留一个安全区，可以是衣服，可以是美食，可以是健身，可以是画画，那是一个召唤，一个抚慰，也是一块能让你耗尽了热情后还能重新启动的充电器。虽然你不能靠着这一个兴趣生活，但兴趣，能让你的生活变得可以忍受。

苏轼给自己写了首诗，《老饕赋》，又称"吃货那些事儿"，其中有一句："先生一笑而起，渺海阔而天高。"吃饱喝足后，世界都美好了呢。愿你也有这样简单的幸福。不说了，我的口水在闹革命了。

PART4

你拼命找借口的样子，
看起来有点好笑

上班别跟我谈理想，
我的理想是不上班

12 月的第一天，朋友圈被"12 月，你好""新的开始"刷屏了，到处洋溢着这一年又快要结束了的喜悦气氛，而我辞职了。

据说在我滚蛋之后，人事部老大到处宣称："我看她去哪能找到一万块的工作！"不得不承认，她说对了，猎头们找到我时，开出的最低月薪，都超越了一万。再想找一万的，除非我脑子进了汪洋湖海。

和上面那位一样，有些公司的人事，干得最多的事，就是自以为是。她坚信，给钱的是大爷，拿钱的必须当孙子。大爷使唤孙子，理所当然。哪怕是晚上 9 点半，让你下楼给她买猪蹄，都是你分内的活，连皱眉都得扣工资。好好的周末，竟然拖着自己部门的小姑娘去加班。小姑娘去了之后，无事可做，每次都是睡了一上午，吃饭，再睡一下午，打卡下班。她喜欢用自己部门的加班时长，来向老板表忠心。

你不愿意干？哦，没关系。缺工作的人成堆成坨的，不干就滚。现在最不缺的，就是钱少耐磨的廉价劳动力。抱着这种想法对待员工的人事，忘了件事，活好的人，没那么多，没那么好找。

我也是命贱，并不在意加班这种事。哪怕折腾到半夜 3 点，只要是搞定了工作，都能咧着嘴笑成傻子，夸自己倍儿棒。身边很多人都这样，能学到新技能，能找到成就感，加班多并不会成为辞职的根本原因，不过，加班没有回报会。

工作期间，我提了两次加薪，每次都被告知：你的工作我们是认可的，但是涨工资，没门。这逻辑要是参加辩论赛，绝对让对方辩手当场吐血。后来，同事告诉我，挡我财路的，就是人事大姐。她超级不爽，我的工资竟然能比她高。于是……知道真相的我，眼泪都笑出来了。你当自己是布达拉宫吗？还不准别人比你高。

直到我提离职前，她还暗戳戳地做了一件恶心的事。我们有考核指标，领导给的奖金标准是单次 5000 块，开会时十几个人都听到了，她愣是改成了 1000 块，这大概是我见过情商最低的人事。其实可怕的，不是没有欣赏美的眼睛，而是看到别人美时，眼红得要命。

上班无非两件事，干活和想辞职。很多时候，只是暗地想，暗里爽一爽就过去了。嘴上嚷着老子再也不干了，第二天依然阳光灿烂地滚去上班，这是人之常情。夫妻一辈子，都想砍死对方一百次呢！真正下定决心，大爷我不伺候了的，大都是底线被猛踩一脚时。

比如，周末明明没事做，却非要形式化地加班；比如一堆成年人，天天做早操，傻兮兮地喊口号；比如事情没做好时，领导像开了污水龙头，张口就骂脏话，安睡几十年的老祖宗们也要突然被问候……

我有个学妹，辞职的理由是消化不好。在我狭窄的交际圈里，还没有比她更吃苦耐劳的了，而且还超级能扛骂。整个部门，都被她们那个凶巴巴的领导骂哭过，唯独她，就算被骂成猪，还是会把头发拨到耳朵后，微微一笑，点一下头，继续汇报工作。她的人生观很简单：拼命挣钱，坐吃等死。

但是，她最不能忍受的，是老板天天开会画饼。"十几个人的小公司，不想着怎么把产品做好，怎么让用户满意，张口就是等公司上市之后，天天谈分股权，先按时发工资行不行？"这是她最标配的抱怨。

后来，我们一起去吃烧烤，学妹边撸串边说：姐，我辞职了，胃口不好，实在消化不了老板画的大饼。还是羊肉串实在。有些领导，总以为画大饼是激励人心，或许他们不当小兵很多年，忘记一件事：望梅止不了渴，画饼充不了饥。大饼画一次，大家会双眼放光，激动得恨不得自己一天能干48小时的活。可是，大饼画多了，就成了念经，你说得再诱人，大家只想动动小手指头，掏一掏耳屎。与其浪费时间画饼，倒还真不如请大家撸顿羊肉串。

知乎上有个问题，什么情况下你会毫不犹豫地辞职。有个知友说，自己姥姥去世了，从小被姥姥拉扯大的，去跟领导请假，结果呢，公司有一奇葩规定，请假不能和周末连在一起，事假不能超过三天。领导还以过来人的姿态劝他，这事没必要回去，回去也就是哭一鼻子。结果，他就果断辞了职，回去哭一鼻子。

上班是为了钱，但绝不仅仅是为了钱。连一丁点尊重都不懂，又凭什么被别人尊重。

前段时间，有个大四的学生跟我说："找了份实习，工资不高，就是想学点东西。"真是流水的实习生，铁打的"想学习"。当我们半只脚还留在校园内，缺乏职场锤炼，缺乏实战经验，不拼爹的情况下，大都明白自己的斤两，而我们所求的，不过是碗填肚子的热汤，和老员工传授的技能。可有时候，公司会精神错乱，错把实习生的战战兢兢，当成被虐狂的求调教。

让人家跑去拿盒饭，还理直气壮地唾骂，你实习你活该。看到个帖子，也是实习生：午休时间，正趴着睡觉呢，领导冲过来拍桌子大叫：某某某，你表格做完了吗？没做完赶紧做，实习生还午什么休！看到这句话，我都能想到，那副趾高气昂的嘴脸。实习生怎么了？实习生

155

没有加薪，没有年假，没有年终奖，谁还规定，没有午休了？

有人喜欢这么告诫年轻人："大家当年都这么过来的。"这种多年媳妇熬成婆，老娘终于可以虐媳妇，生生息息，虐无止境的恶循环，竟然被大环境视为理所当然，不仅可恶，简直可耻。鲁迅可早就反驳过了，"从来如此，便对吗？"

辞职，换种说法是自救。这是我老东家的设计师说的。她说，没审美太可怕。领导整天叫喊的是，logo放大放大再放大，公司名突出突出再突出，元素增加增加再增加。有一天，她跑去看画展，面对别人作品的签名，内心竟然冒出来：名字要大点。就是在那一刻，她毅然决定辞职了。

近朱者赤，近胖者肥，呆在没审美的人身边太久，品位也会成为奢侈。如果领导没远见，身边的同事太渣，除非你力挽狂澜，做伟大的集体拯救者；要么，迟早会鹤被鸡感染，慢慢地变矮，最后忘记自己曾经是只鹤。

提辞职时，领导跟我聊情怀谈理想，谈他对公司的忠诚，谈他无数次夜深人静时对未来的畅想。我差点睡着了。看着他沉浸在自以为机智的聊天手段里，我满脑子想的是，他某天晨会上，特委屈地抱怨：昨天晚上，整个公司就我一个人在加班，领导还没走，员工全回家了。这要是打仗，领导在前面冲，军队都往回撤，我们的仗还怎么打？工作和军队是两码事，工作是互相选择，你认可了我，我中意了你。我们的基础，是平等，而非服从。

等到我神游八荒，勉强把自己扯回现实时，领导还继续卖理想：你来公司那么久，是公司的一分子，我们荣辱与共。公司挣钱时，不给我涨工资，还谈什么荣辱与共？拜托，上班别跟我谈理想了，我的理想是不上班。

沙僧教你职场沟通术

在电视剧版《西游记》里，沙僧是一个老实、木讷、憨厚的男人，还拥有老实人的大胖脸，于是，他长期是众人调侃的对象，被称为三句台词男。如果搞一个"拯救不爱说话的内向少年培训班"，沙僧可能是最有资格参加的学员。

错了。虽然和猪八戒比起来，他不够贫；和唐僧比起来，他不够唠叨；和孙悟空比起来，他没那么喜欢夸夸其谈，但沙僧只要一开口，却句句有分量，四两拨千斤。

很多人都误以为，沙僧特别像班上的透明人，穿得最普通，长相最普通，功课不前不后，甚至哪天逃课了，也不会有人注意到。事实上，他大长腿、大眼睛，瞪起眼，跟俩大灯笼一样。火红的头发，脖子上挂着骷髅头的项链，再搞一件鹅黄色大披风，完爆这两年的时装秀，也算是时尚界的弄潮儿了。

除了爱摆弄骷髅项链，沙僧盘踞流沙河时，还有一个小爱好，那就是吃人，而且引以为傲，"樵子逢吾命不存，渔翁见我身皆丧。来来往往吃人多，翻翻复复伤生瘴。"反正，走过路过的，他都不会错过，连汉尼拔都害怕，简直是吃人版古惑仔。

众所周知，在加入取经团队前，他曾经跟猪八戒打过架，古惑仔在打架前，都会放狠话，沙僧也不例外，而且骂猪都不带脏字的："莫言粗糙不堪尝，拿住消停剁鲊酱。"瞧瞧你这头死肥猪，皮糙肉厚的，吃起来我都怕硌着牙，思来想去，还是剁碎了，做猪肉酱吧，就叫卷帘大将牌猪肉酱。

猪八戒同学气到吐血，连羞耻心都气没了，竟然大言不惭地回应：你这个没眼力见的！我老猪可是嫩得"掐出水沫儿来"。沙僧听到，轻轻翻个白眼。

放狠话就是集中最强力的炮火，去攻击对方最脆弱的地方。之前看到一个姑娘的采访，她说觉得自己蛮丑的，"丑到我跟别人吵架时，不敢吵起来，怕她攻击我丑，我找不到什么反驳她。"沙僧攻击猪八戒的外貌，可谓打了蛇的七寸。

别看沙僧出场时，自带再杀五百年的交响乐背景，但自从加入取经团，他就变成了乖宝宝。猪八戒让他挑担，他就默默挑担。上课乖乖听唐僧讲课，也不举手回答问题。唐僧发脾气了，要赶孙悟空，他也不出声，活成了安全的隐形人。因为他在制度里做过事，最懂得明哲保身。

在取经团队里有个话唠，名叫孙悟空。他特别喜欢显摆自己五百年前大闹天宫的辉煌往事。每次遇到妖怪，都会先开个嗓，眉飞色舞地炫耀一番。

有次，他又跟妖怪喊话：想当年，老子跟玉帝拜把子，号称齐天大圣。太上老君的炼丹炉，我都去串过门。天兵天将在我面前，那就是一波波豆芽菜……此处省略 2000 字。小妖怪听完，眼睛冒光地喊起来：哦哦哦，你不就是那个弼马温吗？一句话，把孙悟空气得七窍生烟，弼马温可是他最不愿回忆的黑历史。

相反，沙僧就很低调，不显山，不露水，虽然他才是取经团队里面，曾经最接近高层、最近距离感受过上流社会的那个。孙悟空跟猪八戒见到人参果，都摇着头说不认识，只有沙僧见过。但当孙悟空问他是不是吃过，他回答说："小弟虽不曾吃，但旧时做卷帘大将，扶侍鸾舆，赴蟠桃宴，尝见海外诸仙将此果与王母上寿，见便曾见，却未曾吃，哥哥与我些儿尝尝。"一边展示了自己的见识，一边也不忘记给自己讨好处。

有人喜欢穿 logo 比脸大的衣服，招摇过市；有人喜欢把英雄事迹挂在嘴边，恨不得见人就说，但真正会说话的人，只在该说的时候说。

并且，对自己的事点到为止，但效果如平地惊雷，连话唠孙悟空都被唬住了。

有人说，沙僧在团队里，是通讯员的作用，整天传递师父又被妖怪抓走的讯息。实际上，他的说话技巧，比油嘴滑舌的猪八戒高出好几个 level，时不时还能碾轧一下孙悟空。

比如，唐僧要自己去化斋，孙同学跟猪同学都不答应，怎么能让师父劳累呢。只有沙僧说，你们让他去，他性子倔，要是拦着他，你们搞来的饭菜，他都不会吃的。这句话，惹得唐僧眼泪哗哗往下掉，还是老沙懂我啊。

再比如，孙悟空又被唐僧以大开杀戒赶走了，还被假猴王抢了行李，猪八戒嚷着要去花果山，被唐僧拦住了，他说，这件事要凭口才，还是让沙僧去吧。

沙僧果然没有辜负师父，见到孙悟空（假的），他上前说："上告师兄，前者实是师父性暴，错怪了师兄，把师兄咒了几遍，逐赶回家，一则弟等未曾劝解，二来又为师父饥渴去寻水化斋。不意师兄好意复来，又怪师父执法不留，遂把师父打倒，昏晕在地，将行李抢去。后救转师父，特来拜兄。若不恨师父，还念昔日解脱之恩，同小弟将行李回见师父，共上西天，了此正果。倘怨恨之深，不肯同去，千万把包袱赐弟，兄在深山，乐桑榆晚景，亦诚两全其美也。"

这段话有点长，说了什么呢？三层意思：第一层，先主动认错，师父他太鲁莽了，完全错怪了大师兄。这是孙悟空心中最憋屈的地方，他先把这个心结解开了。第二层，动之以情，虽然师父这一次错了，但他好歹把你从五指山下救了出来，让你重拾自由。长期相处下来，他内心清楚，孙悟空并不是个不念旧情的人。第三层，提出解决办法，而且是给选择题。如果你不计前嫌，那咱们还是好兄弟，共赴西天；如果你实在有怨气，也能理解，就把抢去的包袱还给我，我们从此江湖再见。你在这山里，享受悠哉的隐居生活，也自得其乐。

这一番话，如果是真悟空听到，必定能打动他内心最柔软的部分，给足了台阶，给足了退路，他也是七窍玲珑心，自然顺水推舟。可惜啊，他碰到的是六耳猕猴，打了水漂。观众的注意力全在真假美猴王的热闹上，自然也忽略了沙僧这一次精彩的演出。

还有一次，唐僧又被妖怪抓走了，孙悟空急红了眼，开始乱发脾气。沙僧一看，起内讧不行啊，开始发挥润滑剂作用：

"兄长说哪里话，无我两个，真是单丝不成线，孤掌难鸣。兄啊，这行囊马匹，谁与看顾？宁学管鲍分金，休仿孙庞斗智。自古道，打虎还得亲兄弟，上阵须教父子兵。望兄长且饶打，待天明和你同心勠力，寻师去也。"

先说团结的重要性，举例论证，把管鲍之交、孙庞斗智的典故，都搬了出来。最后振奋军心，我们明天一起去找师父吧。

这就是沙僧的说话之道，帮你把一团乱线先理清了头绪，话说得让你舒服，但也能替自己圆场，最后还能提出建设性意见。很值得职场新人们学习。

别看沙同学总是板着一张大胖脸，他其实像个旁观者，不动声色地就把每个人的欲望、喜怒瞧在眼里，偶尔还会蔫坏地调笑一番。还记得四圣试禅心吗？几个菩萨，变成四个女人，故意勾引取经团的四位同学，就是想搞事情，看看有没有人动歪心思。当老婆婆问，四位长老，你们谁打算娶我闺女啊。沙僧看到猪八戒魂不守舍、跃跃欲试的样子，恨不得扑上去就喊丈母娘，故意戏弄他说："我们已经商议了，着那个姓猪的招赘门下。"顿时把猪八戒羞得说话都结巴了。

这样的沙僧，你还好意思说他木讷吗？我已经折服了。

别人在拼命努力，
你在拼命找借口

看了一部骂我自己的电影，很久没被骂得这么痛快了。电影名叫"我只是还没有全力以赴"，主角是一个 40 岁的中年废柴，工作既不是自己喜欢的，也没有做出任何成绩；离婚后，和爸爸住在一起。突然有一天，他心血来潮，想要做个漫画家。而接下来的故事情节，就像我被脱光了，站在镜子前，身上所有的缺点，都赤诚相见。

这位仁兄，像所有人开始一件事时一样，先给自己定了一个伟大的目标。《锵锵三人行》有一期，梁文道讲了件事，他说去大学演讲的时候，有同学跟他讲，自己会成为一个伟人。梁文道问他：你要做些什么，成为一个伟人？那位同学就哑火了。**终点在哪里，不是靠想出来**

的，也不是靠喊出来的，是一步一步走出来的。

在伟大目标的刺激下，男主角血脉偾张，有无数个想法涌进来，他感觉自己很快就要登顶事业巅峰了，似乎能听到读者崇拜的尖叫。但是，当他拿起笔，还没能走到山脚下，突然飘来一股懒气流，吹垮了他。他开始找各种理由，容忍自己被拖延症打垮。

"先看会电视，说不定能找到灵感。"

"玩两局游戏，刚起床要放松大脑。"

"去喝点小酒，漫画家也要休息的。"

他约朋友出来喝酒，醉里醉气地跟朋友宣誓："这一次，我是认真的。"朋友嘲讽了回去："你如果是认真的，怎么会在这里喝酒呢？"

导演像提了把利剑，直接刺中了屏幕前的我。气得我给导演竖起了大拇指，就喜欢你这样耿直。

透过电影，我才意识到：原来，我拼命给自己找借口的样子，原来这么可笑。前段时间，老是不想写文章，每天一睁开眼，就忙着做一件事，给自己找一个能说得过去的借口，可以理所当然地不干活。

于是，灵感放大假了，朋友约我吃饭，新上映的电影听说不错，小说正进入高潮呢，大姨妈造访肚子疼，感冒烧坏脑子了，也就懒一天不会怎么样，我辞职不就是想过自己为所欲为的日子吗……我想尽了各种借口，来喂饱自己的颓废，还自以为很有些小聪明。

希腊神话中，西西弗斯总在推大石头，却永远到不了终点。希腊神话是假的，但西西弗斯有千万个。嚷嚷"三月不减肥，四月徒伤悲"，可是刚跑了两天，就以天气不好、没空、休息一天等借口，无疾而终了。看别人弹着吉他唱着民谣，又文艺又帅气，于是上网买了把吉他，报了学习班，结果弦还没搞清楚呢，就嚷嚷着"太难了""没天赋""不是这块材料"，把吉他扔进了角落吃灰。开始，总是很容易，而坚持，就像放屁，悄无声息地结束，留下一股遗憾的臭味。

知乎上有个人问，每天输出1000字是什么体验？张佳玮的回答，震惊了我，他说自己2009年时专栏写了61万字，书稿不算。去年10月，他单月就写掉29万字，基本上平均每天一万字。有一个星期天，他白天上课，晚上回家写掉一个7万字小说的初稿。

别人在拼命努力的时候，我在拼命给自己找借口。还要哭着喊着："世界真的不公平！凭什么别人会成功，自己只是个无名小卒？"当看到堪比大裂谷的付出差距后，我才会一抹眼泪，我这样要是都成功了，世界才真的是不公平。

有的人不愿意努力，是觉得"自己全力做到的最好，可能还不如别人随便搞搞"。天赋和条件，确实是客观存在的。但我们有时也会选择性眼疾，放大自己的付出，放大别人的运气，劝自己就认命吧，觉得人家的成功是探囊取物。

可是，果真如此吗？你下班回家后，往沙发上一瘫，万事如浮云，只想刷一期只需傻笑、不用动脑子的综艺，而别人通宵写方案，分析数据，第二天拿出可进可退的两种方案。你还噘着嘴不服气，心里一个劲地说，我就说嘛，领导就是看她长得漂亮，才用了她的方案。

看不到其他人的付出，是一件很可怕的事情。无论看谁，都要拉回到自己设想的方向，认为别人靠运气，那么自己再努力也没用，既然努力没有用，那就安心地当个废柴吧。

后来，导演让中年废柴反思自己，他幡然悔悟：我以前都没有好好努力，我以后可要全力以赴了。

想起来我一个同学，每天学习非常用功，课间也从来不出去玩，都是埋着头做题，或者背书，晚上开着小台灯，常常熬夜到一两点。经过一学期的不懈努力，成绩没有丝毫进步。

生活中就是这样，你会面临一个困境，努力了但没有结果，或者短期总是在原地打转。为了不被失败当头暴击，有些人索性连尝试一下也不愿意了。毕竟，承认自己懒，比承认自己无能，要好听一些。

格拉德威尔在《异类》中提到了一万小时理论，不管你做什么，只要能坚持一万小时，就能成为该领域的专家。我那个同学，到了高三之后，成绩突然像睡醒了一样，开始往前狂奔，最终去了自己以前想都不敢想的大学。

曾经有个同学，每次考试不理想，就会不停念叨："这次失误了，没考好。""要是不失误，我就能进前十了。"拜托，失误背不动这口黑锅，每次都考不好，哪来的勇气嚷嚷失误？明明自己没学好，正视自己有那么难吗？事实证明，很难。我们喜欢给自己的失败找退路，找一个光明的可能性：要是仔细点，就能更好的；要是早点开始，我的四级就不会挂了。但时间是单行线，如果这条路，只能在你的脑子里苟且生存。

一个高三的学生问：身在高三，要不要全力以赴？他自认为成绩还不错，考上一所理想的学校没问题。互联网就这样，你在现实里不停前行，它会刻录下你过往的疑惑。我看到这个问题时，已经是四年后了。不知道他最终去了理想的学校，还是高考失利复读，或者去了更好的学校。

这个问题下面，好多人分享经验。有努力成功的，熬夜做项目，黑眼圈都出来了，最后成功过关。有后悔不已的，曾经模拟考都是南大的成绩，高考去了某二本院校。看了这些回答，我反而困惑了，有用吗？如果当时题主看到了，他会在意大家的良苦用心吗，还是固执地坚持着自己原本想偶尔偷偷懒、上上网的心态？

越来越发现，大家在提问后，其实并不倾听别人的声音。人家劝你别迟到，你照样 10 点才滚到公司，被开除时还一脸委屈；别人劝你离开渣男，你照样时不时朋友圈秀恩爱，背地里哭到妆花。**你叫不醒装睡的人，也骂不醒自以为是的人。**写过这么多文章，我更佩服鲁迅了，我佩服他明知道劣根性深入骨血，吞噬了大家的细胞，还锲而不舍地做个声嘶力竭的清醒者。

王安石在《游褒禅山记》中有句话："然力足以至焉而不至，于人为可讥，而在己为有悔。尽吾志也而不能至者，可以无悔矣，其孰能讥之乎？"**换成现在的话来说就是，不逼一逼自己，怎么知道自己没用呢？**

择一事，终一生

纪录片《我在故宫修文物》的主角，是一群"医生"，专给文物治病的顶级文物修复师。老一辈的师父们，大多是学徒出身，他们把整个青春都献给了这些静默的文物。年轻一辈的，很多来自中央美院和清华美院。有人戏称，《我在故宫修文物》明明是中央美院、清华美院的招生宣传片。为了迎接故宫博物院 90 周年院庆，分属于钟表、书画、漆器、镶嵌、青铜等部门的修复师们，挑选出一些鲜见天日的损坏文物，进行重新修缮，拿出来展览。

重重宫门背后，他们隔绝了浮世喧嚣，每天触碰的，是拥有千百年历史的文物。那里，用电很严格，师傅们得沿着冷宫的路，自己去水房打水；文物很容易被水中的氯离子腐蚀，他们就自己过滤纯水；抽烟是禁忌，所以王有胜骑着小电驴，穿越整个故宫，就为了跑门口抽根烟。他们的生活，对很多离开手机活不了，没有 Wi-Fi 难生存的人来说，是很难想象的。

有人为了份安稳的工作，有人因为喜爱，有人是家传，无论前因如何，后果都是他们扎根在故宫深处，用匠心让损坏的文物们重见天日。

很多人说，这部纪录片说的是匠心精神。匠心，是个早就被玩滥的词。你还没来得及品味它背后的孤独岁月，房地产文案就先下了毒手。走在街头，随处匠心，深入了解，垃圾品质。但在这个纪录片里，我看到了真真正正的匠心。就像大电影的宣传语，"择一事，终一生"。

会有人用 10 年时间，3650 多天，去修缮《清明上河图》；会有人"浪费"一生，与钟表为伍；会有人在佛像的一只断手上，来来回回不断测量、对比、勾勒、制作。所谓匠心，是在你看来无比枯燥，我却能不厌其烦，乐到高潮。把一件事情，重复地做好，然后再重复地做好，最后还能重复地做好。

扪心自问，你愿意在什么事上，如此皓首穷经？如果暂时还没有，你真的可以开始寻找了。

《我在故宫修文物》中，有位修宫廷钟表的师傅，王津。他总是面带微笑，无论是面对相处半辈子的钟表，还是自己的学生，抑或是钟表收藏家。他的微笑里，始终透着一股淡定与从容。

我身边太多的人，一天到晚活在焦虑里。早上从焦虑中醒来，晚上在焦虑中失眠。他们为怎么快点涨工资而焦虑，为人际关系焦虑，为买房买车而愁到秃顶，为孩子进入一所好学校而拧紧了眉头。他们想在最短的时间里，把所有的问题全都解决干净，却忘记了生活原本就是个问题，我们不过是在解一个又一个小疙瘩。他们的焦虑，像随时会崩溃的沧桑，布满面孔。

好多人的焦虑，来源于急功近利，总想快点得到回报，今天刚把种子种下地，明天就想推着小车去收庄稼。所以，他们热爱捷径，什么30天学会画画，7天通过英语四级，一年成为部门经理，成为很多人购物车里的必备。但搞笑的是，他们的耐力，连30天都不到。之前在网上看到有个人问，用一年的时间自学画画，能达到什么水平？有一个人发了自己的作品，特别惊艳，被问有什么技巧吗，他说，就画呗，一遍一遍画。**笨蛋成功了，聪明人死在寻找捷径的路上。**

跟焦虑矛盾的是，有的人一边挠着头发，焦灼着时间不够用，一边却放纵着自己沉迷游戏。最后怪这个怪那个，唯独不舍得怪自己。

王津的从容背后，是见过了大场面的自信，是多年专注打磨成的泰然。这样的人，能不迷人吗？

不仅是王津，镜头下的他们，几乎都是如此。当王津面对着钟表，感叹人生有限，能做好的事情并不多时，特别遗憾，几丝落寞从眼角飘出来，几丝无奈。他愿意穷尽一生，陪伴那些钟表，可那也不过数十年而已。不够，真的不够。对手艺人来说，再活五百年都不够。

纪录片里，还有个特逗的小细节。当他们擦干净黄花梨柜子时，有个人感叹："擦完以后漂亮多了啊，幻彩生辉。"幻彩生辉。如果换作你，会说什么？"哇，太漂亮了！""太美了！"

很多人总是在追问，读书到底有什么用？这一刻，就是差别。看到焕然一新的黄花梨柜子，你绞尽脑汁，也只能从一片空白中，吱喝出一句"哇"，别人只是顺嘴，就感叹着"幻彩生辉"。别再总浪费时间，在那边纠结读书有什么用，你敢埋头读几年书，时间就敢回馈你出口不凡的本事。

其实，最痛苦的人，往往是路走到一半的人。比如完全不喜欢读书的人，反正不靠读书讨饭吃，无所谓。而那些已经把路走顺的人，可以悠哉游哉地享受别有洞天。学琴、学舞蹈、学拍电影，凡是想掌握一项技能，均是如此。

往回走，不甘心，浑身的细胞都是拒绝的。往前走，又担心。担心自己没力气劈开荆棘，担心这条路通向的不过是臭水沟。于是，徘徊在中间，幸福感比喜马拉雅山上的空气还稀薄。我想说，既然有幸碰见自己喜欢的，就迈开腿往前走吧。尽力而为，闯不过去了咱还能找小路，去别的地方。

1月份去南京博物院时，当时正好有故宫博物院支援的宫廷钟表展。5点半的时候，工作人员让所有人都先出去，他们要给钟表上弦。6点整，展厅的所有钟表齐鸣，清脆的金属碰击，悠扬的鸟鸣，还有各种机械带动的小人进出、转动。那个瞬间，它们踏破了时间，全体复活。看纪录片的时候，我忍不住在想，那些精美的宫廷钟里，有没有王津师徒修复过的？

无比庆幸，我见过它们复活。当王津站在北京展厅里，看到那些耗费很多时间修复，却没有上弦，只能静静躺在玻璃柜中的钟时，悠悠叹口气，苦笑着惋惜："有点心疼。"心疼它们终于修复好，却只能做个静物，继续死在时间里。

导演叶君说，自己很少看纪录片，更喜欢文学作品。所以，他按照小说的结构，打造了这部纪录片，沿袭的是《水浒传》的结构。所以，就算你并不是那么喜欢纪录片，这部片也不会觉得枯燥。

看纪录片的时候，我不断在想，所谓职业，到底能给社会有何帮助？文物修复师们，很注重跟文物的对话，他们让自己的每一笔，每一刀，每一次刷漆，赋予了文物再次传播文化的价值。

刚认识的一位读者正在读军校，他的梦想是去西藏。常听到有人抱怨工作无聊，上班苦恼。**或许，是时候问自己：既活一世，何赋价值？**

一张结婚证而已，
又不是购买全能机器人的发票，
想太多了吧。
结婚并不是打开幸福的任意门，
等待别人拯救，
还不如学会自救。

人人都去闯荡江湖，
我只想下厨

最近几年，程序员成了抢手货。有个学油画的哥们，也在毕业后，悄悄报了个培训班，去了家上市互联网公司，加入码农的大潮流中。

每隔一段时间，都有一些职业，成为整个社会追捧的热潮，比如考公务员，分数被哄高的金融专业，曾经很多人趋之若鹜的医学专业，眼下火爆的计算机专业。

有些人真喜欢，也确实擅长，因此闯出一片天地。但有些人，是在晕晕乎乎中，被裹挟了进去，等到清醒过来时，才发现，做一个不感兴趣的工作，每天上班就像上刑，简直苦不堪言。

《倚天屠龙记》里，就有这么一个初入职场，就稀里糊涂跑偏了的人，他叫寿南山。爸妈给他取这个名字，肯定是寄托了最朴实的希望，就想让自家的小崽子，健健康康地活着，寿比南山，无灾无祸。

可是，元朝末年并不是太太平平的年头，当时最流行的职业，不是在家种一亩三分地，也不是好好读书，争取考个好大学，而是干革命，嗓子一吼，老痰一吐，老子闯荡江湖去也。从此刀光剑影，过着脑袋枕着刀沿睡的日子。

比如张无忌，就是业内翘楚。不过，他是老天爷赏饭吃的类型，才20多岁，就练成了九阳神功、乾坤大挪移，还有武当绝学太极拳跟太极剑。专业技术早就是大神级别的。

而且，他的人脉关系，也不容小觑。武当派跟自己家一样，圈中大佬张三丰，是他的师公。知名黑道集团天鹰教，是他外公创办的。黑白两道通吃不说，就连他的老婆，还是蒙古军王爷的亲女儿。这样的人脉图谱，几乎是当世罕见的。

但反观这个寿南山，就不是这块料。他一没胆子，二没武功，家里估计也是穷巴巴的，帮不了他什么忙。

年少不更事，他可能只是听邻居小虎子吹个牛，说："南山啊，现在的年轻人都不种地了，都在外边干大事业呢，天天喝茅台，吃牛肉，日子那叫一个痛快！哥带你去见识见识。"他哪懂分辨什么真假，收拾几件行李，就跟着出门了，却忘了问小虎子，他一天能喝上几斤好酒。如果他这么一反问，小虎子说不定就露馅了。

他顺着大流，也冲进了江湖儿女的行列，去了一个口碑不好，但名气很大的集团，成昆集团，据说老板非常有野心，也非常有谋略，他们的目标是，做成全国的龙头企业。

可是，当别的同事都提刀拽剑上战场，争取为集团创造更高效益时，寿南山却占着市场部的岗，干着行政部的活。每天只是送送快递啊，给同事们跑跑腿啊，给领导捏捏肩啊。

每次一听说要打仗了，他都吓得脸色煞白，能溜就溜，同事们还给他取了个外号，名叫万寿无疆。总是逃跑，自然不会被打死，自然万寿无疆了。

对此，寿南山也万分苦恼，他也想闯出一番事业来，可他真的不喜欢打打杀杀。

要功夫没功夫，要胆识没胆识，同事们当然瞧不起，连成昆组织业务培训，都没他的份。慢慢地，他成了集团的边缘人物。捉拿金毛狮王这种核心项目，他自然沾不上边。

可是，又能怪谁呢？你不喜欢孩子，偏要去当老师；你买一管口红要用三年，偏偏去卖化妆品；你一拿到书就犯困，还想做文案。鞋合不合脚，有时候不用等到穿上才知道，35码的脚，何必去试40码的鞋子？

寿南山的人生，还是迎来了转机。有一天，他又被派去送信，却被张无忌和赵敏抓住了。赵敏骗他说，你被下毒了，要每天给我们做饭、洗衣服、扫地，我们才给你解药。

寿南山原本就是个胆小鬼，他自然每天兢兢业业，好好表现，争取早日拿到解药，他爹妈还指望他能寿比南山呢。

原本，他只是被逼的，可是慢慢地，寿南山竟然发现，做饭真是件让人无比幸福的事情。捣鼓点新鲜菜品，研究下营养搭配，每次看到那些原材料，经过一道道工序，变成色香味俱全的菜肴，他内心就会油然而生一股幸福感。才没过多久，愣是把张无忌跟赵敏喂胖了好几斤。

赵敏一语道破："你这坏子，学武是不成的，做个管家，倒是上等人材。"人各有所长，而能发现自己的兴趣跟特长，简直是人生幸事。那意味着，从此我不必混混沌沌，听从别人的指挥，我内心有了指南针，它清晰地告诉我自己，哪些是你要放弃的，哪些是你喜欢的。

谈恋爱同样如此，社会常规的标准是，要有钱，要帅气，要有前途，要有家世，要有大长腿，要有高品位。对对对，这些都是极好极好的，可我偏不想要。我只想找那个，对新鲜的知识、品格的改进、情感的扩张有胃口的人。

有多少人，真正知道自己擅长什么？想要什么？选择了哪一行，愿意保有最原始的探索冲动？

寿南山很幸运，发现了自己根本不是混江湖的那块料，原来厨房才是真正属于自己的江湖，砍刀不适合自己，菜刀才适合。金庸对他真好，竟然让寿南山跑到江南隐居，潜心研究烹饪和养生，活到了90多岁。

当你的内心和主流冲突时，你会怎么办？有多少人敢直面内心的欲望，又有多少人有勇气坚持走下去？之前有个领导，在公司年会上做主持人，非常撑得住场面，人美，会说话，还能挑热气氛，下台时我连连夸奖。后来，她才告诉我，她大学那会，很想转去播音主持专业，她非常喜欢社交，也很有表演欲，大学时创办了话剧社，带着一帮同学到处演出。但他爸爸坚决不同意，非要让她去学大数据方向。她的理想，只好收到枕头下面，偶尔在梦里面叙叙旧。

我很佩服寿南山，在大家都觉得闯江湖很炫酷、很威风、很有前途，期待明天就成了小领导，后天就成了上市公司的元老，手握股权时，他能全身而退，甘愿囿于厨房，做自己真正喜欢的事情。

一个人越成熟，越不用在别人的眼光中过活。不害怕别人给自己打分，不担心别人笑话自己，不理会谁的闲言碎语。他有自己的路要走，不用再把生活套在别人的模板里。

或许，这个消息传回老家，隔壁的小虎子，会嘲笑他，"跟你们讲哦，我隔壁有个哥们，特窝囊，是男人都提刀干革命对不对，他竟然去做了个厨子。丢人现眼"。认识到自己不一样时，注定是要付出代价的，别人的不解、嘲讽、笑话。关键是，就看你有没有杀出重围的勇气。

当别人都随着大流闯江湖时，希望你也能找到自己那道菜。

好奇，
是现代人的奢侈品

花了一天时间，看完了《阿勒泰的角落》，实在太喜欢了，我甚至想抱着李娟的脸，狠狠地亲上一大口，亲完了，再帮她擦掉脸上的口水。

哪个臭不要脸的，把这本书定性为"适合女性、文艺青年、小清新"？这种标签，向来是我的雷区，脑子里蹦出来的，净是《你的孤独，虽败犹荣》《你若安好，便是晴天》之类的矫情玩意。

差点，就错过了这个有趣的野丫头。

梁文道说，这是本世纪最好的散文。孙甘露说，李娟告诉我们，何谓浑然天成。你们说得都对。

"我们这个时代的作家，已经很难写出这种东西。"专注码字的，往往忘记了去生活，把自己关在房间里，像面壁思过一样，离活生生的人越来越远，也就越写越干枯。而忙着生活的，才没闲工夫，去鼓捣文字，挣钱的路子那么多，谁要选这个最难的。李娟是用脚写作的人，她的文字，贴近地面，通向远方，闭上眼睛，还有洒上水后，扬起那一抹土的味道。真是迷人。

我喜欢她是直白的。越长大，越发现，真实太难。我们身边太多人，都会活成岳不群，把自己包装成谦谦君子，却干着背后插刀、逼女朋友堕胎、抱团排挤室友的无耻勾当。或者软弱得不敢出声。仿佛上面有一只大手，一点点握紧，就把生命里的那点直白，慢慢地捏死了。

翻开《阿勒泰的角落》，她在前言里说："这一回，书的封底再没有贴名人荐语了……感到这才是一本真正属于自己的书。"哈哈，我只想说，你也太可爱了吧。

她跟着妈妈，在新疆开小卖铺。妈妈吩咐她，收债去。李娟就穿上自己的花裙子，换上精致的小凉鞋，一步一步，晃悠在黄土里。一边臭美，一边跟欠债的人耗着。欠债的人总是想往后推一推，用"再过几天"之类的话，打发她。

她一点都不生气，也不跟人家急，反而满意得要跳起来。因为，她也想这样耗下去："要是一次性就把钱全收回来了，那多没意思啊。

那样我的裙子和凉鞋，就没机会穿了。"

这样的坦率，和一丢丢傲娇，仿佛透过文字，看到李娟和萧红，穿越了新疆的黄土和爬满绿意的后花园，在亘古的长流里，一起哈哈大笑，随风乱走。

我喜欢她是惊奇的。这本书的编辑，写了一段话："每个人来到这个世界上，红尘里涤荡一圈，最悲哀的事情莫过于经年累月，心思不再敏锐，眼神不再清亮，言词不再朗朗，行动不再果决。"

小孩子总是最好奇的，才开始学走路的小侄女到我家，总是拽着她妈妈的手，到处走。哪怕被圈在怀里，眼睛也不闲着，看看电视，看看柜子，研究研究天花板，琢磨琢磨门上的贴纸。她对什么都充满了好奇心。但是长大后，我们很少好奇，我们太习以为常，像被生活注射了麻醉剂，慢慢地，活成了一尊尊什么都无所谓，什么都缺乏热情的大佛。"好吧""都行""无所谓"成了每天都会听到的口头禅。

而李娟，是常常惊喜的。妈妈开裁缝店时，她会用心看过来做裙子的女孩，那些被很多人习以为常的女孩，到了她的笔下，变得生动了起来："经历过喀吾图的岁月的青春，总是沉默的、胆怯的、暗自惊奇又暗自喜悦的。"

邻居家的胖女人，镇上的银行，银行院子里的一棵树，家里买来的一只小雪兔，都能让她瞪大眼睛，细细观察，印在心底。如今，埋头生活的人很多，抬眼观察的人很少。

李娟是四川人，生长在新疆，算是个异乡人。

外来者才善于发现，就像哈利作为外地来的兽医，只有他才能写出约克郡的动物，爱追车的猎狗，走直线的胆小猪，被自己的屁给吓到的小猫，还有一头被卖掉的老牛，竟然在第二天，沿着原路，跑回了主人家。还有那些性情各异的农夫们。外来的人，有一点脱离本土的情趣，那些当地人习以为常的东西，在他们眼中都是新鲜的。就是这一点点脱离，让他们有了观察的余地。或许只有外来的李娟，才能写出新疆的一轮明月，一条羊道。

我喜欢她是喜悦的。我身边有很多人，欲望太饱满。工资七八千嫌太少，男朋友不够高，孩子没考第一名，脸上长了颗痘痘。每天，都活在落差里，和深深的不满足里。

而书里的李娟，却是擅长在苦难中，寻找乐趣的。在新疆开小卖部，遍地尘沙，有什么可开心的呢？李娟却写，"五大三粗的男人，趴在柜台上，花一两个小时，观察货架上的商品，最后才买一小瓶哇哈哈。"

还有，"锅里炖的风干羊肉，溢出的香气，一波一波滚动，墙皮似乎都给香得酥掉了，很久以后会突然掉下来一块"。

每个字，都是发自内心的喜悦、热爱。满足，真是一种了不起的本事。何止喜欢她，我简直都有点嫉妒她，嫉妒到想偷走她的灵魂。

如果要选一个人，结伴去旅行，那就找李娟这样的，哪怕风尘仆仆，你们不小心坐过了站，订的酒店也出乎意料的差，或者原本想去的景点，塞满了花花绿绿的人，无数颗脑袋在眼前晃动，有点像超市里的金针菇。李娟都能随遇而安，不会可劲地抱怨，给你原本就不爽的情绪继续添堵，相反，她会发现意外的喜悦，看到别人忽略的，想到人们淡忘的，去一条不被关注的路，找到不同的风景。

当然，我也能接受她是不安的。有些读者会过分苛求作家，需要作家是完美的，喜欢上一个完美的人，才能证明自己是高尚的。但他们往往忘记了，作家也是人，也要面对家长里短，人情世故，你需要面对的事情，他们一点也不缺少。之前就有人特别逗，我推荐卡夫卡的书，他跟我说这家伙有抑郁症，背叛未婚妻，没什么值得喜欢的。我推荐鲁迅的书，他跟我说抛弃了结发妻子，垃圾。他们不去在意别人的思想，却揪着别人的缺点，就以为自己掌握了真相，这种人不适合读书，去写书吧。

长期暴露在天高地阔中，无尽的旷野，无尽的天空，漂泊的生活，人在自然里，会显得特别渺小。面对这样兀自存在、没有边际的自然，李娟隐藏在喜悦、乐观之下的不安，虽然不常说出来，却铺满了她的生命，那是一层平缓的、沉淀的悲观底色。

在最新的散文集《遥远的向日葵地》里，她写送妈妈去客车站坐车，在一起等车的时间里，两个人都无话可说，略微尴尬地缩在自己的空间里。她说，人是被时间磨损的吗？不是的，人是被各种各样的离别磨损的。

在《我的无知和无能》这篇文章里，李娟写道："我只好拼命地赞美，赞美种子的成长，赞美大地的丰收。我握住一把沙也赞美，接住一滴水也赞美。我有万千热情，只寻求一个出口。只要一个就够了。可荒野金币，旁边的乌伦古河日夜不息。我赞美得嘶声哑气，也安抚不了心虚和恐慌。"

有些人接受不了悲剧和悲观的情绪，只要看到，就远远逃开。这样的读者，未免也太自私了。正能量更利于传播，但一个人不可能永远塞满正能量，只要她停下来思考，就会瞥见一己之力的渺小，和人性不堪的一面。你不能只在一个人阳光的时候接近她，赞美她，用她发光发热，等到她以为你真的喜欢她时，她小心翼翼地释放出那条悲观底色的河流中的一捧水，你就如临大敌，大喊一声，你是个妖怪，你无病呻吟，你是魔鬼。

其实，作家也好，工作也好，爱情也好，亲情也好，都是如此。我们可以自私点活着，但不能完全放纵自己的自私。李娟的文字，像一幅画，让我哪怕身处南方，也能闻到阿勒泰的黄土弥漫，看到荒无人烟的道路上，晃晃悠悠驶来一辆卡车。看到村里的姑娘，蜂拥着，要做最时髦的花裙子。看到一个姑娘，一腔孤勇，活成一首诗。

读她的书，想喝酒。一杯敬生活，一杯敬大地。

不是你有多善良，
只是你没机会作恶

最近有个热门问题："乾隆和北京白领，谁的生活质量更高？"有一大堆人都投了乾隆一票，哪怕我们生活在 21 世纪，享受着自由，享受着科学技术带来的无数便利，有空调、Wi-Fi，有空前便利的交通和发达的现代医学，等等，在他们心里，都比不上乾隆有权有女人。

乾隆能每天睡不同的女人，乾隆可以随便杀人，乾隆能看到谁不爽就命令打谁的屁股。这是他们心中幸福的终极标准。

看到这里，我一身冷汗。你们难道不觉得自己像禽兽吗？技术解放又怎样？照样割不掉几千年封建权力制度的毒害。或许正如那句话所说，不是你有多善良，只是你没机会作恶。

电影《狗镇》，血淋淋地告诉我们：不要测试人性，它的黑暗从来都不会让你失望。一旦有机会，恶如猛兽，将一口吞掉道德束缚。最初的狗镇，是个风景优美的世外桃源，人们安居乐业，日出而作，日落而息，会互相帮忙，完美地实现了陶渊明的想象。但是，伴随着一声枪响，陌生女人 Grace 的到来，打破了狗镇原本的安宁。

她看起来是个被追杀的女人，除了躲在狗镇，无处可去。Grace 请求留下来，为了能够留下来，她也付出了努力和善意，她去每户人家帮忙，帮残疾的姑娘洗床单，给小朋友当家教，给花园松土，帮小教堂修台阶……狗镇上的人，也还是一如既往的善良。

直到，警察张贴了通缉令，原来 Grace 并不是一个无辜的受害者，她竟然是抢劫银行的逃犯。犯罪的身份被拆穿后，她在狗镇也失去了立足之地。之前那个备受欢迎的天使，在人们心里，突然变成了一个善于伪装自己的小人。她有了把柄，有了一个可以被唾弃的过去，于是，大家内心最丑恶的一面，突然铺天盖地向她涌来。

男人们找她发泄性欲，女人们让她干更多更重的活，辱骂也脱口而出。这副场景，看似无比滑稽，实际上每天都在我们身边发生。

甚至，为了防止她逃跑，给她拴了狗链，项圈上焊接着铃铛，能随时听到她在哪里。狗链另一端拖着铁车轮，她连走路都变得吃力。她成了狗镇的狗，小孩子可以调戏她，瞎子也能猥亵她。而小镇上的人，并不觉得自己在作恶，他们认为惩罚一个坏女人，是理所当然的事情。

有个画家出轨，正义的网友们愤怒了，像一股滔天巨浪，砸向他出轨的女生，也就是所谓的"小三"。过激的行为比比皆是，辱骂、嘲讽、送花圈、制作遗照图片，有些人甚至引以为乐。

网友们骂痛快了，于是成群结伴地去寻找下一个讨伐的对象。这个女生，被丢在原地，她原本就有抑郁症。在抑郁症患者身上，哪怕我们看来轻如羽毛的一句话，他们都会吃力地消化。更何况那些毫不掩饰的诅咒、谩骂。时隔许久，传出了她自杀的消息。

这时候，我真的愤怒了，面对这条生命的逝去，没有人表示歉意，没有人为自己的恶语相向有一丝愧疚。网上出现的是什么？他们在说，小三原本就有错，自杀也没用；她原本就有抑郁症，死掉跟网友有什么关系。如果，我是这个女生的好朋友，或者亲人，我大概会控制不住自己的愤怒，顺着网线去大骂一顿。你们还是个人吗？

《狗镇》的后来，Grace 没有羞愧而死，狗镇上欺负她的那些人，终究都被她杀死了。她原本是个心怀良善、期待乌托邦的小天使，连强奸犯、杀人犯，都主张宽恕，直到她见识了轰然倒塌的人性。Grace 杀光了所有人，只留下了一条狗。

《创世纪》中，由于人类变得贪婪、懒惰、肮脏，耶和华便挥一挥衣袖，降下大洪水，淹没一切村庄农田，淹死一切生物，包括襁褓之中的婴儿。只留下一条方舟，由他规定，谁才有活命的资格证。

信仰基督教的 Grace 扮演了救世主，她认为，世界上如果没有狗镇，会变得更加美好。但她毕竟不是救世主，她只不过通过权力，把自己化身为又一个狗镇人罢了。

就像知乎上的人，哪怕在 21 世纪的现在，封建制度都死了那么久，但对权力的渴望，仍然极度炙热。我很难想象，如果给他们一个月可以做皇帝的权利，社会将变得如何混乱不堪。他们会有多少人，变成自己学历史时，深深不屑的暴君。又有多少人，或许不作大恶，但也会视道德如粪土，为所欲为。

跟狗镇很像的，还有部韩国电影：《金福南杀人事件始末》。跟马尔克斯的《一桩事先张扬的凶杀案》一样，导演直接告诉我们，谁是凶手。看到金福南黑乎乎的脸上，炸开大咧咧的笑容，热情、开朗、温暖，面对许久不见的玩伴，也会掏心掏肺地真诚相待。第一次觉得，真有人像向日葵一般美好。

但她的生活里，暗无天日，只有雷电交加、风吹霜打。干活时，姑姑随时监视她，动辄骂她是猪。小叔子随时会跑去强奸她。丈夫带妓女回家，她在一门之外听着靡音。丈夫可以随时骂她像条狗，拿砖头砸她，可她对丈夫不用敬语，就要被骂；丈夫打女儿时，她朝丈夫扔砖头，也要被众人训斥。

她以为好朋友是救命稻草，却没想到，那只是想着如何自保的自私鬼。到处都是侮辱，她忍无可忍，变成了杀人狂魔。

有人说，看得很爽。可我一点都不觉得爽，只是绝望。她的复仇，是在自己身上绑了炸弹，准备好同归于尽。而她心底真正希望的，只不过想像个人一样，平静生活。连最基本的权利，都要拿命去拼，而且是条同归于尽的绝路。

我们的土地上，也生长着无数的金福南。我们或许不知道，或许知道了，也如那个好朋友一样，冷眼旁观，只求自保。

狗镇式的民主，在心理学上，叫做团体盲思。金福南所在的无人岛上，也有自己的一套道德规范。这种看似荒谬的抱团，并非特例。小到家庭、宿舍，大到学校、社会，都能找到类似的影子。

狗镇人，自以为是民主，他们什么事都投票表决。但这种民主，不过是集体暴政。是把欺压人的乐趣，分发给了无数小民。哈耶克曾指出，民主真正的精髓在于宽容，并不是服从大多数人的观点而是允许少数异见者的存在。

看知乎回答时，我在想，如果给我杀人的权力，我会不会干掉自己讨厌的人？看电影时，照旧存疑：如果我是狗镇的一员，我会不会加入这群人的恶行？如果我是金福南的朋友，我会愿意冒着危险，救她出苦海吗？

《奇葩说》有一期辩题是，如果你是清醒的人，会不会喝下村里的愚人水，变得和大家一样，黑白颠倒，是非不分？

所有人都明白，变蠢是轻松的。成为大多数，是生活的简易解答方式。而我们也要警惕，成为大多数也是走向堕落的直线距离。

"你读书多了不起啊？"

"了不起！"

逛了一整天旧书店，淘了几十本书，乐呵呵地抱回家。可我心里明白：买书贪，读书也瘫。要读完这些书，可能会错过很多游戏、聚餐。

很多人喜欢用嘴读书，以前面试时，问一个男生平时喜欢做什么，他说喜欢读书。问他喜欢读什么，磨磨唧唧半天，说出来几个妇孺皆知的作家，眼神躲躲闪闪，我知道，再问下去，就是把他往尴尬的死胡同里逼。

前段时间，我陷入买房后浮想联翩的喜悦里，对装修充满了极大的兴趣，看了很多人的装修案例，他们大都会写没事的时候，窝在家里看看书。但 2017 年，中国综合社会调查显示，高达 63% 的成年人，一年都没读过一本书。就连我关注的一个书评号，在热情满满地写了五年之后，也发出无奈的感慨：写书评越来越没人看了。我们都心知肚明，读书从来不是件容易的事。

豆瓣有个小组，叫"买书如山倒，读书如抽丝"，原本，我以为这个小组是互相督促读书的，慢慢发现，这明明是个"晒买书"小组。

我们绝大多数人，都有这个毛病：买书的瞬间，幻想着老子马上要踏上知识的征程了，从此一骑绝尘，万里驰骋，在阅读中探寻灵魂的共鸣。

你脑中绝对浮现过这样的画面：阳光洒下，一把藤椅，一杯茶，安静坐着，手捧一本书，可能是《芬尼根的守灵夜》，也可能是《霸道总裁壁咚我》。总之，是文艺电影中最典型的情调。但是呢，你的茶还在冒热气，你的书刚翻了一页，你的手机却被玩没电了。于是，你赶紧挪窝，跑回去充电，刷朋友圈刷知乎，在虚拟的网络世界，寻找虚假高潮。这才是真实的你。

我们总把读书过程想象的很美好，却不知道，那些摆拍的姑娘们，也只是摆拍而已。真正的读书，是拒绝花花世界的诱惑，甘愿与无边的寂寞为伴，没那么有趣有情调有美感。高中时，我有个同学特讨厌看书，她每次失眠，都会抱一本物理书看，睡得快，疗效好，堪比安眠药。

有人说，读书是门槛最低的高贵。在我看来，读书是门槛极高的奢侈。比如每天 24 小时，你要吃饭睡觉、上班上课、玩手机、逛街、刷剧、刷朋友圈、舔屏男神、看女神直播……还能剩下几分钟，留给读书呢？

孙中山说，他一生的嗜好，除了革命，只有好读书。一天不读书，便不能生活。全民刷屏的时代，也是全民注意力极大浪费的时代。仅仅是知乎的年度统计，都会让人很震惊，阅读字数动辄四五百万字。好多人仰天长叹："天哪！这都能读完四大名著了！""截图为诚，明年好好读书。"有人哭喊着书好贵，其实，真正昂贵的，是我们的时间和精力。下班后的时间，如果每天能花半小时读书，完成阅读计划，绝对没问题。

其实，读书本身没什么了不起的，但读书多很了不起，真正了不起的正是沉下心来，专心做一件事的心境。我身边有些人，看什么都眼馋，今天看别人写公众号能养活自己了，她也开个公众号，但吭哧吭哧写了两篇文章后，发现只有十几个阅读量，就扔掉不干了。明天看别人跳槽涨工资了，也立马辞职换工作，却因为跳槽太频繁等，一直没找到工作。今天看别人推荐这部电视剧，就抓过来看一集，明天看到别人又推荐了一个综艺，再转去看几分钟综艺。时间和精力，就在这些跳跃之间，实打实地消耗掉了。

专心做一件事，是要耐得住寂寞和低谷的，四周的声音再繁杂，也不管不顾，周边的诱惑再多，也视而不见，这太难太难了。

现在，很多人习惯抱着手机看东西，手机碎片化阅读，有个很大的弊端：放弃思考。刷知乎也好，读公众号也罢，大都接受着文字的用力咆哮、嘶吼、扭动，只需看只想爽，就完成了交易。至于脑子，暂时雪藏。我们甚至都不会花一分钟追问：作者的故事逻辑对吗？真的存在这么多朋友吗？他的观点为什么跟我不一样？我们的差别在什么地方？

就像某豆瓣红人，出了本励志鸡汤，未来的你现在的自己神马的，宣称边工作边写博客，三年在北京买房。不谙世事的人，被洒了一脸鸡血，发誓要像女神学习。其实呢，是嫁了个二婚有钱老公，从此山鸡变凤凰。那些所谓的努力带来的差距，都是逗你玩呢！

读书要用脑子，当然，我说的是读好书。比如奥威尔的《一九八四》。如果不加联想，不去思考，怎么能体会到老大哥的无限魅力，还有那句"战争就是和平，自由就是奴役，无知就是力量"。读书跟刷剧刷手机看鸡汤文的区别，就在于需要主动调度大脑，思考、想象、辩证、回忆，正是这些费劲的事，才让枯燥的纸页变得有趣。

丢开了手机，拒绝了半小时的花花世界，甚至死了一堆脑细胞，可读书能带来什么呢？

第一，读书改变命运。这句话有点空有点大，但平心而论，普通家庭出身的我们，读书是不是最容易的途径？

第二，看穿装模作样，笑而不语。这是个装模作样者横行的时代。书读得多了，看到了形形色色的故事，身边的那些装模作样小伎俩，都不过尔尔。偶尔还能怼回去，跟他聊聊陀思妥耶夫斯基卡尔维诺卡夫卡索尔仁尼琴，看谁还敢轻易在你面前装？我轻易不装模作样，装起来吓死你。

第三，对抗孤独最优雅的姿势。有人说，书读得多了，容易清高。其实，那是读得不够多。王国维曾经用三句诗形容人生三境界："昨夜西风凋碧树，独上高楼，望尽天涯路。""衣带渐宽终不悔，为伊消得人憔悴"。"众里寻他千百度，蓦然回首，那人却在灯火阑珊处。"读书同样如此。

高尔基说，书籍一面启迪我的智慧和心灵，一面帮我在一片烂泥潭里站了起来，如果不是书籍的话，我就沉没在这片泥塘里，早就被愚蠢和下流淹死了。**我们不是为了读书而读书，而是在书中读自己，在书中发现自己，检查自己。虽囿于现实，却望穿山海。**

PART5
误会在沸腾，
换个姿势读书

你为什么不喜欢读书？
因为你觉得读书很有用

我最近发现了一个现象，身边那些觉得读书很有用的人，反而不爱读书。只要不是为了考证，看三页书就眼皮打架。

从小，我们就天天被一句诗洗脑：书中自有黄金屋，书中自有颜如玉。想月入百万吗？看书吧！想和西施花前月下吗？看书吧！长此以往，很多人都形成了这样一个固定印象：我读书，是要有收获的。我花费了时间，牺牲了千万脑细胞，必须是能获利的。

"我这么辛苦读书，就是为了考上重点大学。""我大学读书很认真，因为想去世界五百强企业。""我看了这么多书，一定要通过教师资格考试哇！"一路走来，读书早就形成了等价交换模式，跟你花钱在网上买个口红，没啥区别。口红给自己赚到了回头率，会给个好评。那些靠读书找到好工作的，也给个五星好评："工作找到了，读书还是很有用的。就是过程有点辛苦，下次还会光顾的。"至此，交易结束。书也就可以扔进仓库，跟用旧的抹布放在一起，等待落灰、发霉。

还有些人觉得，读书是包装利器。读了几本书，就有一派温文尔雅的姿态，有一点出口成章的才气，笔落惊风雨，文成泣鬼神。

看到夕阳西下，我不要跟那些俗人一样，只能说一句："哎呀，好美呀！"我要吟诗一首："人言落日是天涯，望极天涯不见家。"但是，冰冻三尺绝非一日之寒，之前去太极洞，导游说，那些钟乳石一年才长3毫米左右。手指头长的钟乳石，要经历300多年的时光浸淫。那些真正能把诗句信手拈来的人，可不是读了一本唐诗300首，就能出门装文化人的。

而且，读书不是烘焙，不能即学即用。很有可能，你读了1000本书，还写不出一篇好文章。如果这样，你还能对着书，面不改色、毫不犹豫地说"我爱你"吗？

无论是考证书，还是装装样，读书都是在一个大前提里才有活下去的意义，那就是有用。

有用，可以说是很多人判断万事万物的标准。小学时，我的一个好朋友，成绩不好，但总是能想到好玩的点子，我喜欢下课的时候，跟在他屁股后面转悠，老师就跟我说：你跟他一起玩有什么用？跟成绩好的一起，你才能有好的影响。

朋友要交有用的，谁谁谁是学生会的，跟他走得近了，说不定哪天用得上呢。谁谁谁是报社的记者，要没事聊聊，说不定哪天用得上呢。而那些没在世俗里成功的人，被你用垃圾过滤器，一个个过滤掉了。

没事多交一些没用的朋友，没有利益上的算计，没有收入的攀比，不把对方当成通往某个方向的阶梯，三杯两盏淡酒，便是灵魂互相敞开的状态，我们活一辈子，不能只埋头在蝇营狗苟的事情里，偶尔也要仰起头，看一看天空。

大学时，我因为在回学校的大巴上，认识了一个聋哑人，被他的善良感染了，也突然对手语感兴趣了。周末冲到新华书店，买了厚厚的两本《中国手语》，报了培训班，找到了一群同好，每天不亦乐乎。可宿舍的人跟我说，你学这些有什么用？是啊，没用，我可能不会成为专业的手语翻译，也不会靠它吃饭，我只是一时兴起，就没日没夜地浪费时间。

再看看身边的同学，忙着考证书，忙着参加社团，忙着做社会实践，这些才是有用的，可以在期末的成绩排名上加分，可以在未来面试找工作时成为一张绚烂的简历。我在干吗？整天在网上瞎写些文字，学手语，看一些根本不会考到的没用的书。

可是，有用和无用，是会在时间这个小混蛋的手底下，被悄悄交换的。工作了之后，会逐渐发现，曾经考过的证书，以为有一天它会帮自己闪闪发亮、杀出重围的，可它根本没被谁瞧在眼里，成为一张舍不得扔掉的废纸。那些社团经验、社会实践经验，面试官听得太多了，而且很多人只是为了以后能说得出口才去做，并没有真的从那些经历中收获什么，也变成了鸡肋。

我工作几年之后，和第一家公司的领导还一直是好朋友，有一次在等红绿灯的时候，她跟我说：当时会选你，因为听你讲了学手语和做你喜欢的电子杂志时，你的眼睛在放光。能愿意花心思单纯地做一件事，很难得。

所以，一件事到底是有用还是没用，你就别瞎浪费时间去判断了，反正你说了也不算，时间才是掌握着话语权的裁判。

一旦扔掉"有用"这个大包袱，读书就会变成一件好玩的事。我不指望在一本书里，找到能解决我人生困惑的真理，我也不指望看了一本书，就变得妙语连珠，在找书的时候，只有一个条件，就是我喜欢。

我喜欢寺山修司的《幻想图书馆》，这是一本专门收集怪书的怪书，有个小伙子打算骑着青蛙穿越安第斯山脉，他在日记里写道："乾坤朗朗，风和日丽，真是出发的好天气啊，当我往青蛙背上骑时，还是把它们压扁了。"在烫发刚流行的时候，日本保守的男人们接受不了，于是掀起了一场轰轰烈烈的"摘除头上的鸟巢"运动。

我也喜欢《海洋中的爱与性》，专门讲海里的动物们，是怎么谈恋爱和做爱的。乌贼真的很贼，他为了泡妞，会男扮女装，先接近一个已婚男乌贼，趁机潜入对方的后宫，寻找下手的机会。海马就是浪漫绅士派的，当看到喜欢的海马姑娘，海马小伙子会每天去姑娘门口等她，拉拉小手，散散步，时机成熟的时候，彼此约定，白头偕老。座头鲸很有古惑仔的风格，碰到喜欢的，就约上一帮兄弟，帮自己壮胆，长气势，堵住座头鲸姑娘说：做大哥的女人吧。

纪晓岚的《阅微草堂笔记》里，充满了乱搞、杂交，黄霑的《不文集》更是荤段子大全，他写了件事，某记者被编辑教训，稿件中不能出现"酥胸"，赶紧回去改，五分钟后，记者回来，"酥胸"两个字果真被删掉了，但在这两字的位置上，却有 6 个标点符号——（.）（.）。哈哈。

正是这些无用的书，让我知道了万物的多样性，知道了宇宙洪荒里，有成千上万种思想，也有成千上万种活法，让我对周遭的一切，多了理解的能力。

关于读书，有人还很困惑，读过的书早晚会忘记，那读书这件事还有什么意义？用三毛的一句话回答你：读书多了，容颜自然改变，许多时候，自己可能以为许多看过的书籍都成过眼烟云，不复记忆，其实它们仍是潜在气质里、在谈吐上、在胸襟的无涯，当然也可能显露在生活和文字中。

请注意，我绝对不是要试图说服你喜欢上读书，我觉得人生在世，除了你爹妈和真正爱你的人，没有人有义务或者有必要，去当你那个费劲不讨好的人生导师，你爱看不看。但有句话我必须要说，当你嫌读书无趣，没意思，书都很枯燥时，麻烦闭嘴。你认真看过一本书吗，就随便污蔑它？你嫌它枯燥，它指不定还嫌你太"正经"呢！

时隔多年，
我才看懂《还珠格格》

《还珠格格》又重播了。没想到，这部20多岁的电视剧届老前辈，一出场，就艳压最新的小鲜肉，最新的画质最新的剧情、直接拿下收视冠军。为什么呢？为什么呢？为什么呢？答案呼之欲出了，但为了活命，我选择憋着。

电视剧还是童年的电视剧，只是刷剧的我，已经懂得人情世故。而它，竟然有很多可以唠叨的地方。

先说小燕子。记忆中的小燕子，又调皮又咋呼，疯疯癫癫，没读过什么书，武功也只练成了三脚猫，是个典型的熊孩子。

实际上，她的应变能力和心理素质超强。和紫薇含香晴儿这种说谎会脸红的大家闺秀比起来，简直是扛把子级别。初入皇宫，皇后不相信小燕子是格格，开启了一场堪比央企面试的盘问，面试官分别是皇宫的董事长、后宫总监以及后宫副总监，面试内容包括家乡、方言、学问等。

一般的面试，被问到自己捉襟见肘的地方时，应聘的人往往会心虚。就像之前，我面试了一个设计，因为常年做 UI，问到 PS，他停顿了一下，可能自己都没意识到地低下了头。再接着抬头，说他很擅长。可信吗？

小燕子扯起谎来，简直没脸没皮，还上了一段"包子馒头豆沙包"的大山东方言。

前面这些被小燕子糊弄过去了，皇后憋了个大招，问夏雨荷临死前还交代了什么。小燕子编不出来了，转而委屈，小怒，吼了一句：半夜的时候我娘就死了！能不能别再问她的事了？这一顿委屈，惹出皇上对夏雨荷的无限内疚，进而转移到对小燕子无比心疼。当下就确认了这闺女，不许别人再追究。

除了机智，小燕子的人权意识和女权意识都非常强烈。她坚守"人人生而平等"的信念。她对皇宫下跪机制厌恶至极，如果在公司，她或许是第一个站起来反抗不合理制度的。当然，没有女主光环，也可能第一个被干掉。但最可能的情况是，她甩手走人，炒老板鱿鱼不过分分钟的事。

香妃来了，皇帝那叫一个色眼发光啊！小燕子超级不爽：凭什么女人要从一而终，男人却可以三妻四妾？《一桩事先张扬的凶杀案》起因，就是女主新婚之夜被发现不是处女，被当晚退婚。而那里的未婚青年，却热衷逛窑子。现在依然是啊，一夫一妻又怎样？男人要求女人婚前是处女，而自己处对象时，不到三天就抓耳挠腮了。直男癌的传统，历史悠久，源远流长。

正是在讨论这个问题时，小燕子立下了全剧最大的 flag。她不相信男人专一，紫薇就问："难道你也不信永琪吗？"小燕子：不相信啊。不只永琪，说不定哪天，尔康也带个格格或公主回来。两句话就把第三部的主线任务道破了。

小燕子和五阿哥是国民 CP，大家可能都不记得，还有个黑乎乎的小子，叫尔泰。尔泰最终娶了西藏公主塞娅，但这是个悲伤的故事。他一直默默喜欢小燕子，却连个表白都没有，就退出了。小燕子遇到状况，他的着急和关心，一点不亚于五阿哥。为了朝廷为了兄弟，他娶了塞娅。

而真正的原因，用他自己的话来说：塞娅和小燕子很像，对我来说，算是一种补偿吧。真正应了那句话：从此我爱的人，都有你的影子。

说起还珠，皇后和容嬷嬷，绝对是不能少的一抹亮瞎眼的风景线。与格格斗，其乐无穷，自损三千。其实，在还珠开闹前，皇后并不是吃闲饭的，她老早就安插了一堆眼线：令妃身边的宫女腊梅，皇上身边的太监小路子，都是皇后的人。

而且据容嬷嬷所说：小路子是现在咱们在皇上跟前唯一的眼线了。总觉得潜台词里，死掉过其他眼线。皇上被香妃刺伤的事情，就是小路子通风报信的。皇上后来扔了句："朕回去就摘了小路子的脑袋。"不知道小路子后来怎么样了。

再聊聊皇后斗格格真正的目的，令妃。令妃是个很懂得人情世故的人。有人给她的评价是：知世故而不世故。大家还记得皇上差点鬼父的情节吧，跟紫薇下了一夜棋。第二天清早，是令妃把朝服送到漱芳斋，对紫薇的态度也立马变成了"我们以后将是好姐妹啦"。

要说最心痛的一次，还是皇上给令妃补办生日。主线任务是小燕子团伙实施偷妃计划。背景是什么？皇上宠幸香妃，连令妃生日都忘记了，而且令妃才刚给他生了娃（就是日后的嘉庆皇帝）。

皇上一喝高兴，要人去喊香妃来凑热闹。小燕子说"令妃娘娘会不高兴的"，令妃确实不高兴，但又不能显得自己小气吃醋，本来只是让宫女去喊，为了努力证明自己大度，起身要亲自去叫香妃。

对自己真的狠，把所有的情绪都忍着忍着忍着。有人说她有心机，我只想说，社会这么复杂，单纯的孩子能活几集？

最好的是，令妃把聪明用在了善的方向。就像《乌克兰拖拉机简史》的主旨，智慧应该被用于善处，否则就是一场灾难。

再说说两位男主，尔康和永琪。也是我感触最深的地方。随便拉到一集，听他们聊天，永远自说自话，认为自己的问题是最严重的。例如老佛爷嫌小燕子没文化，希望尔康娶晴儿。皇上委婉地传达了上层意思之后，就有了这段有趣的对话。

五阿哥说：我该怎么办？好捉急！

尔康答：皇上怎么能让我娶两个老婆？！

五阿哥继续说：你人缘好嘛，可是我要拿小燕子怎么办？

尔康回答：小燕子教教就好，我怎么能娶晴儿？！

工作之后，很能理解这种对话模式，每个人都有一堆问题，我们对他人的痛苦变得麻木，懒得去听去理解，满头满脑袋都只想着自己的一亩三分地。可荒谬之处在于，我们在不愿倾听的同时，又十分热衷于分享，分享快乐和苦难。抛出去的话，自然死在空气里，无影无形无伤大雅。陷入交流的恶性循环。

就先写到这里，剩下的宝藏，你们自己挖掘。

别总把自己想得太深情了，
好像你走不出前任的阴影，
是因为你有多爱他。

我有1000本书，
但一本也不愿扔在地铁上

新世相搞了一个丢书大作战活动，"我准备了1万本书，丢在北上广地铁和你路过的地方。"活动本身，不置可否，我只是想到昨晚，恰好跟一个新认识的朋友聊到送书的话题。

他说前段时间要搬家，结果囤积的书太多了，他懒得搬走，就陆陆续续送给了朋友。送了学弟两本名著，把一套《福尔摩斯探案集》送人了，还有一些确定不会再看第二遍，以及买来才发现被忽悠了，连10页都看不完的垃圾书，也毫无留恋地送人了，甚至还有一丝终于分手的快感。

但是，他从旧书店淘到的绝版书，是绝对舍不得送人的。

朋友圈疯转活动的人，不会懂得，没人会愿意扔自己真正宝贝的书，连送朋友我都会质问自己 50 遍：你跟他好到了这种地步吗？我可以 600 块送朋友一双鞋，但是我入眼的书，哪怕只是花 10 块钱路边淘来的二手破烂，都舍不得。这种怪癖很容易被骂是神经病，大概也只有同病者才能理解。

大学时，我跟一个室友关系特别好，好到无话不谈，你递一个眼神过去，她就能秒懂。有年我生日，她送我的生日礼物是一张自己放在钱包里，收藏了许多年的卡。那张卡其实早就没用了，但装着她许多回忆在里面。她随卡送上的，还有一封信，这份没花一毛钱的礼物，竟然把我感动哭了，并且每次想起来，心底都无限温暖。

带着回忆的东西，很难送出去的，基本是要你痛下很多遍决心，最后扯着血丝，沾着碎肉，从生命里递给别人。

像我这种人，把一个人放到心里的标志，就是会送他旧东西。

我的男神鲁迅，也嗜书如命，据说他年轻时，看书前还会洗手，生怕弄脏了。如果借出的书破边卷角，就会粗眉一皱，超级心疼。看着别人糟蹋书，是对读书人的酷刑。

《纽约时报》的撰稿人阿纳托勒·布罗亚德说，借书给朋友的痛，就像大多数父亲对未婚同居的女儿的感情。"我对书有若贤妻，他们却视若荡妇。他们大多滥交无度，喜新厌旧……"这句话，再妥帖不过。

　　除了肉体上的玷污，我更不愿看到的，是对方精神上的不屑和鄙夷。每次别人找我推荐书或电影，我都会再三确认，他是真诚的，而不是一时兴起，图个热闹。因为我这人，认真又玻璃心。你一句"推荐本书吧"，我会绞尽脑汁。如果这份热情，不过换来你一句MARK，以后再看。那么加入黑名单无疑，鬼才相信你的以后再看，本姑娘没工夫热脸贴你的冷屁股。

　　看到朋友圈刷屏的丢书活动，我忍不住幻想了一下：如果我丢在地铁上的书，只是惨兮兮地躺在那里，我真的会晚上拽着被角哭的。讲真，我不愿把自己心动的书，送到你追捧《从你的全世界路过》的手里。你嫌无味，我嫌浪费。

　　我还忍不住想到另外一个问题，我会丢什么书呢？那一坨辗转淘来的禁书，肯定是不行的。就算我敢丢，也不一定有人敢捡。

　　那些装帧特别的书，也是不舍得的。《上海字记》《S 希修斯之船》之类的，一想到把这些好书丢进充满未知的地铁里，我就满心惶恐。毕竟，它们不是自带超大光环的男女主角，能一路过关斩将，用狗屎运遇到怦然心动、两厢生喜的人。

　　那些跟随我多年的书，好像也不行。每本书都有我当时的笔记，送出它们，就像把握曾经的日子，一刀切断。太残忍了！至于新买的书，我都还没看呢！不能丢！绝对不能丢！思来想去，我有近1000本书，竟然选不出一本丢进地铁里。

再说了，读书原本就是件很私人的小事，书店不会有导购，因为读书和穿衣服不一样，衣服要穿在大庭广众下，谁都希望自己买回来的衣服，显瘦显白显高，还要款式独特，最好能闪瞎几个人的眼睛，才算不亏本。但买书是不愿被打扰的。

如果我拿起一本《二手时间》，就有店员跑过来跟我吧啦吧啦地说：小姐你眼光太好了，这本书是诺贝尔文学奖得主阿列克谢耶维奇最具分量的作品，读这本书，正好可以显出你的气质，它跟你太合适，带一本吧。我肯定会朝他吐一口唾沫，让他赶紧闭嘴。

有人很迷恋参加读书类的活动，或者看那种 10 分钟替你读完一本书之类的文章，好像找到了一条捷径，但亲爱的，这种假装读书和真正看书，就是你在店门口看麻辣香锅的图片，和别人走进去吃了个撑的区别。光闻个香味，只能骗骗自己。

不过，按照中国人的习性，这个活动的后期可以预见：我愿意捡，但不能丢。可是，捡到书又怎么样呢？不爱书的人，自然没兴趣捡。在他面前放一本书和 10 块钱，选择哪个，显而易见。有把书捡起来翻一翻的时间，都能玩几把游戏了。

那么爱读书的人呢？据我所接触的人，真正喜欢读书的，都挑剔得要死。你丢出的那些大众心灵鸡汤，根本喂不饱这些人的胃口。如果是《玉楼春》之类的，或许才能挑逗起这类人的神经。

剩下的呢，就是整天喊着读书却从不打开一本的伪文艺青年。**空有一颗装文艺的心，却总是被别人用"情结"二字就骗得团团转。**情结就是专门用来忽悠这帮傻子的，看到网上热传的一个小清新圣地，就飞奔过去；听说一部电影的宣传口号是怀旧，就买了张票进去；听说又一部电影是卖青春陪伴的，就又随着大流走进影院。

他们其实也没有多爱看书，也没有多爱旅行，也没有多爱电影，就是生活太空虚，有人吆喝一句，就蜂拥而上，拍几张照片，去朋友圈展示一圈，也就结束了。你们继续追求文艺吧，而你们嘲笑玩手机的那个胖子，可能是在看电子版《圣经的历史》。

以阅读为噱头的活动，屡见不鲜。然后呢？没有了。有多少人，只是喜爱参与活动时的热闹，而并非阅读本身。

别再装女文青了

知乎有个问题："言情小说看多了，现实生活中有什么影响？"我很想邀请包法利夫人来回答，据我所知，没有人比她更有这方面的经验。

包法利夫人，本名爱玛，从 15 岁起，就一头扎进了言情小说和言情剧的世界里，她是晋江网的包年付费读者，同时也是《王子变青蛙》《邻家花美男》《护花高手在都市》《三生三世十里桃花》的忠实观众。每天放学后，就如饥似渴地钻研法国的郭敬明安妮宝贝顾漫明晓溪。

她自诩文艺青年，看很多很多书，但都是"恋爱的故事，多情的男女"，她最爱托着腮，幻想自己是位女庄主，拥有一座城堡，等待"头盔上有白羽毛的骑士，胯下一匹黑马，从遥远的田野奔驰而来"。

在她心中，男人的最低标准，是"无所不知，多才多艺"。她的著名言论，"只要看海一眼，灵魂就会升华"，一经传出，拥趸无数，后来被改编为"去西藏能洗涤心灵""大理是心灵的沐浴"等无数个版本。

《金瓶梅》的序言有段话："读《金瓶梅》而生怜悯心者，菩萨也；生畏惧心者，君子也；生欢喜心者，小人也；生效法心者，乃禽兽耳。"每个人，都带着自己的见识看书看世界，就像刘瑜写杂文，厨房、酒吧、电影、美剧，什么都能跟民主扯上关系，这也算职业病吧。

而爱玛，哪怕读巴尔扎克，都能读成言情小说，《人间喜剧》的肮脏无底，她不管；《驴皮记》的放纵无奈，她不在乎。当然，她是不会看巴尔扎克的。如果爱玛去看一出戏剧，她会觉得，舞台上的男演员，好像在看自己哎，是不是爱上自己了？

言情小说看多了的后遗症，就是误会了人间，以为处处有爱情。哪怕地铁上有人多看了你一眼，就以为别人对你有意思，顺带脑补了结婚生子，黄昏散步。其实，可能是你出门太着急，裤门的拉链没拉好。或者别人跟你聊次天，在你的朋友圈点个赞，就思量着前方情形一片大好，要不要乘胜追击，还是守株待兔？送你三个字：天亮了。

如果，爱玛去逛书店，她最喜欢逛的，肯定是青春文学区。而她最讨厌的作家，名叫福楼拜。因为福楼拜的文字，就像余华的真实，浇在郭敬明的幻境上，能听到刺啦刺啦血肉模糊的声响。

福楼拜这家伙很讨厌，他会毫不留情地指出：是艺术把感情夸张了。他会犀利地戳穿，你爱的哪是爱情啊，都是混蛋！对爱玛这种伪女文青来说，福楼拜的文字太残酷，太冷漠，太写实，让自己的一腔少女心，无处安放。我本来只是想去吃一顿香喷喷的肥牛饭，结果你给我看杀牛、割牛肉的现场。

虽然有点狠心，我还是建议大家，如果读书的话，最好也顺便读一些现实主义的文学作品。这个世界原本就是血淋淋的，你不看它也照样存在。多看点这些糟心的玩意，能早点拓宽你对人性的认知，罗曼·罗兰不是说过吗，真正的英雄主义，是看清生活的真相后，依然热爱生活。

《活着》能让你知道，有些人仅仅为了活下来，就已经拼尽了全力；《棋王》能让你看清，在困境的重围里，什么才能变成支撑你的力量；《变形记》能让你明白，亲情有时候没有讴歌的那么无私和伟大。孙子说，知己知彼，百战不殆。面对生活也一样，你能越早看穿它，就能越早准备好武器和盔甲。

过年的时候，碰到小学同学，她现在是两个孩子的妈，当时初中没读完，就死活不要再读书了，跟家里面大吵了一架后，收拾东西出门打工了。她现在还继续在车间打工，每天穿着厚厚的防护服，上厕所还有时间规定，孩子扔给婆婆，一年就见那么一两次面。她重重地叹了口气，后悔很多次，要是当时好好念下去就好了。

不得不承认，当年在学校里硬扛下来的人，如今大都过上了还算满意、还算舒服、还算不那么辛苦的生活。小时候，我一直以为学习好凭的是天赋、智商，后来才搞明白，我们大多数人只是凭借命硬耐苦罢了。

替爱玛辩护的人说，虽然她出轨、她撒谎、她借高利贷，她把现实搞得一地鸡毛，但她仍是一个向往爱情的好女孩。恕我不敢苟同。

生命里的悲剧分两种，一种是老天砸下来的，一种是凭借自己的努力到手的。

第一种，它就那么往下一砸，你躲不开，逃不过，神说俄狄浦斯这孩子，会杀了自己老爸，娶了自己老妈，还跟老妈生俩孩子，他一辈子都在躲，但还是一样都没躲掉。这不怪他，生活有时就是个不讲理的东西，它"啪"把一灾难放你面前，出现了就出现了，你哭完闹完，还是必须咬着牙扛住了，扛不住就得躺下，这没办法。

第二种，就是单纯靠后天的努力得来的。你一天到晚不运动，还胡吃海塞，得了糖尿病能怪谁？你只要是工作日就迟到，只要是任务就拖延，在 20 多岁的时候拿着工资养老，公司把你开除了，你还有什么可反驳的？包法利夫人也一样，整天做白日梦，没能力挣钱还借一屁股高利贷，对除了老公之外的每个样貌不错的男人都轻信，最后搞出一堆窟窿，能怪得了谁呢？

有人说，是时代的错，是社会的错，是男人们太渣。每个时代都有它自己的缺陷，理想的乌托邦只能靠想想，而且最关键的是，你已经活在这个时代里了，没办法重回娘胎里呆着，等到一个理想社会出现，你再重新出生一次，也没办法像《三体》里那样，冬眠个几百年，等到社会更进步、更美好，再醒过来，享受人生。至少，现在的技术条件不允许。

既然活了，就只能活着。在我看来，真正强大的人，就是能在一个处处有缺陷的时代里，还能守住道德，跳过一个又一个地雷，遵从本心地活下去。

爱玛最致命的缺点是不满足，她最迷人的优点也是不满足，关键的问题在于，不满足之后呢？

在修道院时，她是校长老师都看好的好苗子，但她不满足枯燥的课本，不满足陈词滥调的布道，成了问题学生。

嫁给包法利后，她的老公行医治病，口碑不错，收入尚可，但她不满足庸常的日子，一次次偷情，成了渣男们的猎物。

就像我之前的同事。每一场恋爱，都不超过半年。每一份工作，都很快厌倦。她不停地换，浅尝了新鲜感之后，随之而来的，便是琐碎的平凡。

我们嗤之以鼻，却又羡慕不已。很多时候，我们的生活，就像包法利那样，平淡无奇，引不起人的兴趣，我们奋起反抗，添加调味品。但，终有一天，"八〇后"成了油腻中年，"九〇后"开始出家，"〇〇后"都要养生了。一代一代，延续着反抗到驯服的循环。爱玛的不满足，执着得令人动容。只是，她也没找到合适的出口。

我常常听到抱怨，来自同事的抱怨，来自家人的抱怨，来自老同学的抱怨，可抱怨只是一时的发泄口，抱怨完了，就好好过日子，别整天沉浸在抱怨和不满里。当然，如果你能靠抱怨养活自己，像无数的作家们那样，那就使劲地、用力地、尽情地去抱怨吧！

如果抱怨无法养活你，那就去干活。

福楼拜太坏了。明明他把包法利夫人写死了，却到处宣扬说，她不得不死。凭什么啊？《项链》里，那个丢了项链的虚荣女人，不也辛苦干了10年活，攒到一笔钱吗？谁还不曾对生活失望过呢？谁还不曾遇到过几个渣男呢？谁还没陷入过困境呢？我们还不是照样厚着脸皮，骂几句脏话，继续头也不回地走下去吗？

成长，不就是审视过去的自己吗？看完书，我总觉得，爱玛还能抢救一下。

空有一颗装文艺的心，
却总是被别人用"情结"二字
就骗得团团转。

写作使孤独发出声响

2013 年，许鞍华导演把萧红的一生，拍成了《黄金时代》，电影时长 178 分钟。萧红薄命，但剧情仍然紧张又零散。

杜拉斯去世时，81 岁，她波澜壮阔的日子，如果拍成电影，时长多少才够？该怎么取舍？这部电影，必然有几个关键词：放荡、肉欲、情人、酗酒、政治、流离。每一个词，都如烙印，烙进了她全身的细胞。

1914 年，杜拉斯出生在法属印度支部，也就是殖民地里的白人家庭。童年的贫穷、动乱，印入了她的作品中。才 4 岁，父亲撒手离世，母亲却全身心偏爱大哥，对其他子女相当冷漠。在缺爱的家庭里长大，对爱的渴望，堪比毒瘾。

16 岁，大概很多人读高一的年纪，她跟轮船上认识的中国男人，搞在了一起。"从那时起，我的性经验总是十分丰富的，甚至是粗暴的。"往后的人生里，她结婚，婚内认识了情人。离婚，不断找情人。如果搁现在，杜拉斯很可能是某些社交软件的重度用户。

66 岁时，她依然有位小情人，扬·安德烈亚，27 岁。不过，这位小情人是同性恋。他对她没有欲望，她因此陷入无奈、苦闷，甚至写下《死亡的疾病》，关于一个男同性恋和女主之间，无法继续的爱。

她把人生，活成了那句歌词："来啊，造作啊，反正有大把时光。"不过，杜拉斯也因作风问题，被法国共产党开除了。

生活里，她沉迷于情人，不可自拔。写作上，她也因为《情人》，再度火爆。王小波说，这本书的绝顶美好之处在于，它写出了一种人生的韵律。开头太经典了，也被一次次拎出来咀嚼：

"我已经老了，有一天，在一处公共场所的大厅里，有一个男人向我走来。他主动介绍自己，他对我说：'我认识你，永远记得你。那时候，你还很年轻，人人都说你美，现在，我是特地来告诉你，对我来说，我觉得现在你比年轻的时候更美，那时你是年轻女人，与你那时的面貌相比，我更爱你现在备受摧残的面容。'"

类似的话，叶芝的《当你老了》中也有："多少人爱你青春欢畅的时辰，爱慕你的美丽，假意或者真心，只有一个人爱你那朝圣者的灵魂，爱你衰老了的脸上痛苦的皱纹。"莫文蔚唱过这首诗，水木年华借用过这句话。

年轻时，我们沉迷于皮囊，但时光推移，才会懂得：好看的外表那么多，有趣的灵魂多难得。

杜拉斯曾说，写作是一场暗无天日的自杀。她的写作，是从自己的生活里汲取灵感。《无耻之徒》里，老妈偏爱儿子，甚至变相卖女儿，替儿子还债。《抵挡太平洋的堤坝》里，母亲同样偏执、疯狂，像个可怕的斗士。这就是杜拉斯的妈妈。

《大西洋人》是她写给小情人的绝望情书。《诺曼底海滨的妓女》是小情人曾经骂她的话。《中国北方的情人》就是在她 16 岁出现，被她置于心底，一生未忘的中国情人。

她写《酗酒》，说"饮酒使孤独发出声响"。第一次看到这句话，我超造作地关了灯，喝了杯酒。微醺的醉意里，孤独也发出哐当哐当的声响，你想要去触摸一下，它又瞬间沉默了。

有人说，她是文学女巫。因为，她并不是循规蹈矩地写故事，像我们小学被教的那样，"什么人、什么地点、做什么事""开头、高潮、结尾"。传统小说里，惯用的招数，是她摒弃的。她的笔下，情绪带动着情节，像紫霞仙子蹿进了至尊宝的心里，清清楚楚地看到，内心的曲折蜿蜒。

《直布罗陀水手》中有句话："这一切给她一种睡意蒙胧的野兽的姿态。它慵懒地卧在陡峭的河岸，快乐地流淌着。"她的内心里，正住着这种野兽。一边享受肉体，"五彩滨纷的温馨"；一边涌动深情，"我喜欢你，多了不起的事啊"。

这是不含三聚氰胺的
中国历史

六神磊磊说，你只能比读者走快半步。你往前走太远了，大家跟不上，没共鸣。你如果跟读者同步，人家会嫌你没劲。你如果还落后了一点，那就只配被骂一句傻 ×。

书和读者没办法随机匹配，读者在选书，书也在挑读者。比如刀尔登的《旧山河》，它被刘瑜称为"不含三聚氰胺的中国历史"，如果你符合以下三种情况中的任何一种，那么去书店的时候，看到它别回头，你们不合适，不要彼此折磨了。

如果你只喜欢读快书，那别碰这本书。如今，网络信息膨胀，垃圾文章也泛滥成灾，如洪水猛兽，呼啦啦地闯进大众的脑子里。于是，有人迷恋上了卫生纸文，酣畅淋漓，像困闷的夏天，冲了一个暴雨澡，浑身舒爽，毛孔都能竖起来。在他们心里，才叫劲道。

而那些慢悠悠的文章，那些柔中带刚的文字，反倒成了不合时宜的旧古董，被快时代扔在身后。刀尔登的书，就是其中之一。有人评价他说，刀尔登刚出了一本古怪又雅致的小说，叫《七日谈》，读完之后，我觉得这本书完全不像这个时代的人写的，倒像是一个活了一千年，又在沙漠里修行了一千年的老头，突然开口说话了。

他从北大毕业之后，主动放弃了在北京的工作机会，回到石家庄。在石家庄工作数年后，又放弃了体制和单位，如今虽然以写文为生，但也不混任何文人圈子，自己跟朋友喝酒下棋。

他的性格注定了，不会去写那种只管情绪倾泻，或者讨好读者的文字。读这类慢书，要停下来，费一点心思，要在细嚼慢咽中，才能品尝到作者字里行间的睿智、意有所指的讽刺，以及点到为止的幽默。

比如，他换个角度，聊相忘于江湖。"宁可相濡以沫，怕就怕，别人游于江湖，把他剩在涸辙里。"

再比如，他说有人问他假如不得不回到过去，愿意生活在哪个时代他回答春秋，对方说太古了。他说那元代吧。结果，朋友听了，大怒，立马将一顶汉奸的帽子甩给他。元代，在很多历史书中，一直是残暴的嘴脸，刀尔登却说，我一个搞文字的，且胸无大志，元代的文人虽然当官难，但我原本就不想当官。终元一代，没有文字狱，读书不会变成一件随时会掉脑袋蹲大牢的犯罪活动，至于"做不了大官大贤，去做那烟霞状元，又有什么不好？到了明代，一窝蜂去做官讲道，官也没做好，道也没讲好，先把个活泼泼的曲儿剧儿失传了"。

他的文字，掏挖着古事，剖究着人性，实在不适合太快地吞食。如果你想读懒书，它绝对不合胃口。看到过一个问题：为什么鸡汤文改变不了生活？在我看来，相信鸡汤的人，都是因为懒。别人随便讲一个故事，他就看得大脑充血，都不肯花哪怕一个脑细胞去思考一下：有因果关系吗？有没有忽略可观因素？有逻辑漏洞吗？

读到：庄子是以"惹不起躲得起"为主张的，你需要想起的不是游戏里骑着大鱼的少年，而是逍遥万物的家伙。还要去搜索，庄子的文章思想，看看作者这么总结，到底对不对。

读到：山涛为人圆滑，既收下贿赂，又把东西束之高阁，哪怕东窗事发，自己也不被处罚，还落了个清廉的名声。你不要贴个标签说他人渣、虚伪、狡猾，这就违背了作者的初衷。正如作者说，多数时候，人并不是按照事实改变自己的看法，而是相反，按照看法选择事实。

放任自己的脑子关机，放任你的质疑精神睡懒觉，放任你的记忆去度假，那这本书对你来说，不过一堆废纸而已。

如果你想读死书，就赶紧撤了吧。我身边有些朋友，只穿自己最熟悉的那几种衣服，从来不愿意尝试新款，连去逛街时，都不肯试一试。害怕不好看，害怕不合适，躲在舒适区里，逃避所有可能性。

这本书里的很多观点，就像那些你从没试过的新款。如果你是忠于旧款型，它会成为劈头盖脸的冲击。

刀尔登尝试着，从历史的细枝末节里去替臭名昭著的纣王翻案，会不会是被敌人丑化了呢？毕竟，他们把对手说得十分不堪，自己立刻获得道德上的豁免权，什么事都可以做，而且心安理得。

他尝试着说，暴君虽是混球，人群也不全然无辜。"没有原则的人群，最容易驱使为恶，用利益，用危险，用激情，用随便什么东西。"

他评价朱元璋的时候，并不是单纯嘲笑他没文化，反而去反思他成功的根由。他只认得几百个字，就随意论衡文事，评点诗文，上达圣贤，下及群臣。仅此一项，便可知道他的自信非常人所及。你可以叫它勇气，也可以叫它不知羞耻，这种人当了皇帝。

看了这本书，我才知道，文字狱并不只冲着文人，很多无关行业和人员，也会在这场人祸里，成为牺牲品。比如算命的，卖药的，种菜的，开酒馆的，甚至和尚和疯子。有人因为商业竞争，故意举报。有人为了一点蝇头小利，便置别人的生命于不顾。

在这本书里，他时常跳出正统的历史研究路线，眼尖手快地指着另一条小道说，瞧，这条路也能走。

如果，以上三个条件，你都不符合，可以找个夕阳西下的时候，捧起来读一读。这家伙知道的真多，引用史料，信手拈来，也相当刁钻，想问题总是不走寻常路。这家伙真悲悯，提溜出各色小人物，写他们被历史湮没的命运。

他始终在强调一点：人的生命属于自己，是最简单，也最经常被忘掉的道理。因为有那么多力量，致力于让大家想不起这个道理，而且总是成功。

愿你时常记起。

猪在猪群，牛在牛群，

别随便看到个群，

就一头钻进去，虚耗青春。

关于《霸王别姬》，小说藏了多少秘密？

张国荣在电影中，有过两次戏剧扮相。一次是《胭脂扣》，风流倜傥的十二少，为了养家糊口，去跑龙套。另一次，大家都知道，《霸王别姬》中的程蝶衣，一个戏疯子。

巧的是，这两部电影的原著作者是同一个人，她叫李碧华，一个"有毒"的香港女作家。跟其他改编不同，《霸王别姬》是先有了小说，后改编电影，然后李碧华又润色了小说，再次出版。所以，我们现在看到的，比原始版本厚了一倍。这种情况非常少见，也就导致了小说里藏着许多小机密，不读上几遍，可能就错过了。

做个凡俗人，便是此生福分。《霸王别姬》开篇便是：婊子无情，戏子无义。婊子是菊仙，花满楼的妓女，她把一生赌在段小楼身上。戏子是程蝶衣，唱旦角的戏疯子，他把一辈子拴在段小楼那。但是，他们最朴实的愿望，却是做个凡人。程蝶衣被卖到戏班子，因为有六根指头，母亲愣是狠心地一刀剁掉一个。这个异种，连"当个凡俗人的福分都没有"，这一刀，剁开骨血，也剁开生死之路。

再后来，程蝶衣朝着凡俗人的反方向，一路狂奔。同辈的师兄弟都在练武行，唯有自己，捏着嗓子，流转眼角，唱着"我原本是女娇娥"，流下清泪。

而菊仙，第一眼就认准了段小楼。她知道，有些人，是一遇上，就知道往后的结局。"但那是外面的世界，常人的福分。"作为一个妓女，她不敢奢望爱情。唯有赌上一切，等待命判。

福分这个词，很重。大概像曹雪芹用"玉"字，慎之又慎。全书一共出现三次，第三次是程蝶衣自杀未遂时，羡慕虞姬，有死得其时、浓烈退场的福分。

当然，这也可能只是我一厢情愿的猜测。就像贾平凹的《废都》中，唐宛儿说："睡在哪里，都是睡在夜里。"第一次看到时，哇，惊艳！后来，在《秦腔》中又读到这句话，味道就变了。

到底是谁，围剿了霸王？我们都知道，历史上的霸王别姬，发生在楚汉相争时。刘邦耍诈，让汉营的手下唱楚歌，让项羽以为，汉军已霸占楚地。项羽崩溃，最终败北。一直以来，这本小说名，被认为是京剧曲目而已，是段小楼和程蝶衣最拿手的戏。但是，我们忽略了个问题。有个章节名：汉兵已略地，四面楚歌声。这章第一句话就是：然后一地一地地解放了。

段小楼终于败了。骄傲的他，硬气的霸王，被折腾得不成人形。"从来不曾倒下的霸王——孩提时代，日治时代，国民党时代……都压不倒的段小楼，终受不了，精神和肉体的崩溃，崩溃在那一段牛鬼蛇神的历史中。"这，才是霸王别姬的根由。

他爱的时候，甘愿为他死。相对而言，菊仙却是算计的，自私的。第一次，她答应离开段小楼，转眼又贴上身来。第二次，她故意把那把剑的罪名，栽到程蝶衣身上。自私至极，但不就是人性吗？高大全的人物，可以出门左转看八大样板戏啊！

纵然如此，菊仙才是真虞姬。她嫁给了段小楼，在无数动荡中，一直陪在段小楼身边，不离不弃。直到，段小楼为了救她，揽下罪名，并用离婚划清界限。当晚，菊仙就上吊自尽。君王意气尽，贱妾何聊生？她不唱戏，却把感情生活，过得比戏剧更忠烈。她不愿离婚，宁愿自杀。

楚霸王还活着。段小楼偷渡去了香港，打工、骗社会补助，潦倒度日。虞姬也还活着。程蝶衣等到了平反，在戏班子当艺术指导。容颜苍老，浓烈不再。时过境迁，二人相逢。唱了一曲霸王别姬。程蝶衣以为自己殉情了，他在心里为自己热烈鼓掌。像多年前，翻出段小楼陈旧童真的签名，哗啦啦地自我感动。曲终，人散。二人分别，仍旧各自生活。

书中还有些易被忽略的小细节。

关于程蝶衣抽大烟

程蝶衣自甘堕落，天天抽大烟。直到，段小楼说，你戒了吧。他才十分努力去戒烟。"连他自己都不知道，当初拼命抽，就是等着段小楼的不满、痛心、忍无可忍，然后付诸行动。"就像，小时候求关注的我们。为了让大人注意，故意让自己感冒生病。

关于小石头们运气开声

戏班子这群苦孩子，在荒野边鬼哭狼嚎地练嗓子。而隔壁，是一群背书包上学的同龄小孩。他们笑着闹着，用人在后面小祖宗般地护着。同样是生命，却各自不同命。

关于那个老太监

电影中，小豆子好像被老太监猥亵了。但小说里，老太监看到小豆子撒尿，瞬间就愣住了。他没有那个命根子啊。"他忘记一切，他窥伺已久，他刻意避忌，艳羡惊叹，百感交集。在一个不防备的平常时刻。"你的美酒佳肴，他的穿肠毒药。一个最普通的动作，牵扯的却是他深藏于心的缺憾。

关于师父狠命打学徒

每次，只要小石头们犯了错，师父都会凶神恶煞，狠命责打。他的凶悍，盖住一切心事，重重心事，重重的不如意。想当初，自己也是个好角儿呀。

喜欢读这本小说，喜欢作者用心在写每一个配角。他们的苦涩、委屈、遗憾、失意。跟壮烈的主角相比，这才是我们的人生。就像电影中，小癞子看到台上的角儿唱戏，哭号着："得挨多少打，才能成角儿啊！我什么时候才能成角儿啊？"

李碧华的小说，故事往往都不复杂，但情绪藏在字里行间，等到你猛然发现，就像被针戳中，疼痛不已。《诱僧》《胭脂扣》《青蛇》，都是如此。

如果，你想看她的书，需要提醒你，具备以下三个条件：

No.1 最好心情开朗。

她的所有小说都像梅雨天，阴气沉沉，暗无天日。

如此灰色的人生观，如果心脏不够糙，不够强，容易变抑郁。

No.2 最好过得还不错。

原因参见第一条。

No.3 最好不是单身狗。

不然，容易跟我一样，被爱情之外的其他细节，带走了注意力。

所以，能不能读，自己看着办！

看完《碧血剑》，
爱上金庸的吐槽神功

14部武侠书里，《碧血剑》只是个青涩的毛头小伙，绝对算不上高手。尤其遇到天龙、射雕、笑傲这几位顶级豪侠，就更显得有些灰头土脸了。可是，我们都知道，毛头小伙往往最血性。你若虚伪，就等着他们的嘲笑；你若顽固，就算是穿着金丝软甲，也抵挡不了他们汹涌的讽刺。看《碧血剑》，比起侠义江湖、儿女情长，我更喜欢它随时备好弹药，看谁不爽就轰谁的畅快。

在这本书的后记里，金庸说他几乎每天都要写社评。这个习惯，坚持了十多年。我终于明白，为什么他的嘲讽技能，如此登峰造极。

《书剑恩仇录》中有一段特别精彩：乾隆下江南时，顺便启动了泡妞这个副线任务。他看上了一位叫玉如意的妓女，豪掷千金后，妹子回头莞尔。这一笑不打紧，乾隆直接蹦上自恋的云端："她定是看中我有宋玉般情，潘安般貌，子建般才，当年红拂巨眼识李靖，梁红玉风尘中识韩世忠，亦不过如此，可见凡属名妓，必然识货。"

宋玉，被李白和杜甫和李商隐夸过的美男子；潘安，美成了一个成语的，古今唯此一人；子建，七步成诗的才情，无须多说。更有李靖、韩世忠，强行和自己类比。乾隆的自恋，跃然笔下。

玉如意回眸完就离开了，乾隆赶紧马车追上，声势浩大。"当年造父驾八骏而载周穆王巡游天下，想来亦不过是这等威风。古往今来，嫖妓之人何止千万，却要算乾隆这次嫖得最为规模宏大。"更有诗云：忠心赤胆保君皇，护主平安上炕。

私以为，金庸调戏乾隆时，有趣而不刻薄，犀利而不粗俗，读来畅快淋漓，是这本书最惊艳的部分。

说起乾隆，最有趣的大概还是，他一辈子写了4万多首诗，却连文学史的裤脚都没碰到。金庸怎么可能放过呢？

在跟红花会的常氏兄弟动手时，乾隆的手被箍住了。还好兄弟俩没用力，不然一捏之下，乾隆手骨粉碎。"从此再也不能作诗题字，天下精品书画、名胜佳地，倒可少遭无数劫难。"

《书剑恩仇录》最猛烈的火力，都集中在了乾隆身上，而《碧血剑》，由于故事脱胎于历史，袁崇焕被皇帝怀疑，被朝廷迫害，就注定了这本小说的炮火，将威力无穷。

别的不说，单是金庸祭出徐达的故事，火力就十足了。徐达当年陪着朱元璋，出生入死，为明朝公司的创建，立下汗马功劳。一朝功成，杀尽功臣。纵使徐达很忠诚，也还是眼中钉。这一天，徐达背上生疽，据说生疽的人不能吃蒸鹅，偏偏朱元璋就派人送了一只蒸鹅，表示"慰问"。徐达吃下蒸鹅，当夜就死了。他不是被鹅毒死的，而是接收到朱元璋的死亡通知单，不得不断。

初创公司，对这种情况绝不陌生。等到公司终于有了点雏形，就开始安插自己人，排兵布线，站队分党，排除异己。一场同样不见光且腥风血雨的变故。历史，总不会只是历史。某一个瞬间，它又卷土重来，在你面前再次上演。

徐达的故事也埋下了引子，正是闯王手下良将李岩的命运。当闯王终于攻进北京，李岩没有看到百姓安居乐业，天下繁荣昌盛。反而是在路边听到一个老头唱歌："无官方是一身轻，伴君伴虎自古云。归家便是三生幸，鸟尽弓藏走狗烹。"路边唱歌的老头，你一定要注意了。甄士隐就是不听老头劝，才弄得家业毁于一旦，女儿一生堪怜。最终，闯王听信谗言，李岩自杀，老婆同死。

当权者，多不入金庸的法眼。从乾隆到闯王，从东方不败到神龙教教主，都被喷得千疮百孔，死无全尸。但是金庸的火力，绝对不只于当权者。如果，你曾经在国企或事业单位待过，或跟相关部门打过交道，肯定对下面的情节不陌生。

有一群洋人，被袁承志这群主角害惨了。他们就窝在山沟里，跟主角团干耗着，心里默默祈祷：大明的政府啊，快点派官兵来救我们！"但其时官场腐败异常，若是调兵遣将，公文来往，又要请示，又要商议，不过十天半月，官兵哪里能来。"

我就有过这个经历，领导想在 11 月 11 日搞活动。我从 10 月份写策划方案，报领导审批，立项。领导突然觉得这里不行，再改，再重新立项、审批。走预算，三方比价、签合同盖章。盖章的人只上半天班，还连着两天都不在。走设计申请流程、文案流程，领导觉得一稿不好，做了二稿三稿四稿，领导又选了第一稿。终于，所有的东西都弄完了。看看时间，12 月欢迎你。

纵然经受了前仆后继的指责、嘲弄、讽刺，几乎所有的都照样我行我素。脸皮厚的流氓最可怕，大约如此。

我总觉得，金庸写小说时，会被自己的机智逗笑。哭笑不得的笑。《碧血剑》里，有这样一个小人物，叫冯同知。有多小呢？小到百科词条就一句话：冯同知，金庸小说《碧血剑》中的人物。

这个人出场不多，虽然只有几句话，但我对他的兴趣甚至超过了袁承志。冯同知，小官二代，武功差还爱表现。你们上学时，有遇到那种学习差还特爱举手回答问题的同学吗？大概极少，而冯同知就是这样的男同学。

为了能随时随地秀功夫，他让铁匠做了一把大关刀。这关刀不简单，刃长背厚，镀金垂缨。猛然一看，唬人又酷炫。但是，这把刀是薄铁皮的，还空心。官老爷出门是骑马的，冯同知就命令两名手下抬着这把空心大刀跟着走，边走还要边吆喝，"老爷，刀好沉啊。""老爷，我快抬不动了。""装作十分沉重，不胜负荷的模样。"而他只要随手一提，就能轻松拿起来，旁人看了，自然佩服他神力惊人。

一个小角色而已，他不留情面，而那些连名都没有的虾兵蟹将，照样逃不过金庸的毒眼。小说里，有一段追逐戏，官兵对战主角团。主角光辉万丈长，官兵们吃了一回亏。但长官还让他们往前冲。"一受挫折，大家怕死，谁肯拼命攻山？个个大声呐喊，敷衍长官，杀声倒是震天，却是前仆有人，后继无兵，再也不见有官兵冲近。"

这些出场就犯尿的小角色，我之所以会注意到，因为他们干的是人事。他们不是拯救苍生的大英雄，不是视死如归的大侠客，更不是点亮主人公技能的工具。他们只是普通人，最普通的人，最普通的反应。不壮烈，却真实。

　　总觉得，看武侠很能解释物是人非这个词的。血气方刚时，看的是主角们一路打怪升级，坐下喝酒，就能认识铁磁的哥们。再顺便谈场风花雪月的恋爱，最后功成名就，退隐江湖。现在呢，反而对那些被塞在边角的片段，更感兴趣。细细琢磨，别有洞天。

　　看完以上讽刺系列，我想起来《碧血剑》中还有个小彩蛋。闵子华一行准备对付焦公礼，商量聚会时接头暗号："明日各位驾到，请对在门口接待的兄弟伸出右手中指、无名指、小指三个指头作一下手势，轻轻说一句：江湖义气，拔刀相助。以免给金龙帮派人混进来摸了底去。"

　　我伸出自己的右手，跟着江湖人做一遍这个暗号，居然是 OK 的手势。看出来没，咱们的江湖豪杰，也是走国际化路线的。

图书在版编目（CIP）数据

别装了，你不喜欢合群 / 山僧扫雨著. —— 北京：
现代出版社, 2020.3

ISBN 978-7-5143-8297-6

Ⅰ . ①别… Ⅱ . ①山… Ⅲ . ①散文集 – 中国 – 当代
Ⅳ . ①I267

中国版本图书馆CIP数据核字(2019)第265667号

别装了，你不喜欢合群

作　　者：山僧扫雨
责任编辑：张　霆　袁子茵
出版发行：现代出版社
地　　址：北京市安定门外安华里504号
邮政编码：100011
电　　话：010-64267325　64245264（兼传真）
网　　址：www.1980xd.com
电子邮箱：xiandai@cnpitc.com.cn
印　　刷：三河市南阳印刷有限公司

开　本：710mm×1000mm　1/32　　印　张：8.25　字　数：190千字
版　次：2020年3月第1版　　　　　印　次：2020年3月第1次印刷
书　号：ISBN 978-7-5143-8297-6
定　价：45.00元